• 衛斯理小說典藏版 44 •

新之又新的序言，最新的

衛斯理小說從第一次出版至今，歷時已近半世紀，總共出了多少正版，還能計得清，若是連盜版一起算，那就算找外星人來算，也算勿清楚哉！不知能不能也算世界紀錄。

算得清好，算勿清也好，能幾十年來不斷出新版，說明不斷有讀者加入，對作者來說，沒有更值得高興的事了，謝謝所有喜歡衛斯理的人，謝謝謝謝。

二〇二〇年六月四日 香港

幾句話

寫了四十多年小說，論者將拙作分為三個時期：早、中、晚。在明窗出版的一批，屬於早期和中期的上半。三個時期的創作風格有相當程度的不同，所以風評不一。本人並無偏愛，但讀友對早期的作品，頗有好評，大抵是由於在早、中期作品之中，主要人物精力充沛，活力無窮，所以使故事曲折多變，小說也就格外吸引。明窗出版社此次重新出版這批作品，正好讓大家來證明這一點。

四十餘年來，新舊讀友不絕，若因此而能有新讀友，不亦快哉！

倪匡

二〇〇五年十一月六日

前言：關於密碼

密碼，顧名思義，可以解釋為秘密號碼，但實際上，內容卻遠比這種簡單的、只照字面來解釋複雜得多。

首先，密碼可以作秘密通訊之用，用作秘密通訊用的密碼，千變萬化，可以由心創造，不知有多少種。但密碼不論如何變化，有一個根本原則是不變的，那就是，使用密碼的，至少要有兩個人或以上，如果只有一個人的話，那種密碼，就只能維持個人的秘密，而無法作通訊之用。

密碼要是用在通訊上，花樣實在太多，也難以一一列舉了。用在個人秘密的保守上，花樣也同樣多，用數字組成的密碼，要來開啟特製的號碼鎖，那是最普通常見的一種。

任何人，一生之中，幾乎都接觸過一組或幾組密碼，日常生活上，也缺少不了密碼。可是有沒有人想到，各種巫術、法術中使用的咒語，也屬於密碼的一種？

咒語，是發動巫法術力量的密碼，是開啟巫術和法術神秘之門的密碼。

又有沒有人想過，各種動聽的、悅耳的、不朽的音樂作品，其實也是密碼的組合，某些人有特殊的能力，把音符通過排列組合，形成了他個人的獨特的一組密碼，再通過樂器演奏出來，就成了美妙動人，千古流傳的音樂。

由此引伸開去，所有偉大的傳世的文學作品，種種曲折離奇引人入勝的故事，也可以是文字以密碼方式的組合，一萬幾千個文字放在那裏，人人可以自由選用，不受任何干涉和限制，為什麼有的人選用了他的組合就叫人看了感動得放不下手，有的選用了就叫人根本無法看得下去？當然是組合的密碼在起作用！

講一個有關密碼的「笑話」——如果你笑得出來的話。由於密碼可以通過各種形式來傳遞消息，在一個先認定了所有國民都是特務分子的地方，軍隊進城，第一次接觸到電燈，不知道日光燈在開着的時候，是會先閃動幾下的，尤其在天氣較冷的時候。

於是，有一個警覺性特別高的軍官，在接連三天，看到對面窗口，每到天黑，都有不規則的光亮閃動時，毫無疑問就認定了那是窗口之後，有潛伏的特務在利用燈光作密碼的通訊。

結果，窗口後面的一個青年人，就這樣莫名其妙，被判了二十年徒刑。

不好笑，是不是？日光燈開啟時的閃動，不是密碼，但是也決定了一個人的命運——其實，又焉知那不是一種獨特的、代表了噩運的密碼呢？

有一種密碼，控制了一切地球生物生命的發生和生長的過程，生命的形態和繁殖的方法，低等生物的繁衍生長，包括最原始簡單的孢子植物在內，高等生物如人，生命歷程中的性格、外形，也全然都受着密碼的控制，完全按照密碼所規定的、所排列的、所組合的運行，沒有任何例外。

什麼密碼，有那麼厲害，控制了一切生命？

答案是，遺傳密碼。

遺傳因子中的密碼程式，決定了千千萬萬種生命的不同存在。生長和生活的形式，一直沒有人解得開，弄得懂許多決定多種生物的不同形態、不同生活方式的遺傳密碼究竟是怎麼一回事。

如果有人忽然弄通了，知道了這種密碼的秘密，會產生什麼樣的局面呢？也沒有人知道，就像沒有人知道遺傳密碼的奧秘一樣，那是天地之間最大的奧秘。

關於密碼，說到這裏也該打住了，再說下去，故事也不成立了，而「密碼」，畢竟只是一個故事的題目，並非討論密碼的專論。

故事，照例，我，是主要人物。所以，很多情形之下，我，先出場。

衛斯理（倪匡）

一九九六年六月六日

目錄

第一部

遇見了一位怪醫生，提出了一個**怪問題**

（多老套的章目）

我在看信，信是由一個相當古怪的朋友寫來的——我自己人很正常，可是怪朋友之多，可以説天下第一。才和一個怪人胡明分手不久，又接到了齊白的信，大家還記得齊白嗎？他就是那個盜墓專家。

自從上次和齊白分手之後，他照例音信全無，不過他這個人，有一個好處，隔上一年半載，只要他忽然想起你來，不論他在天涯海角，總會和你通一下音信。

我現在在看的這封信，發自泰國北部的城市清邁，那是一個十分美麗的城市，神秘而且動人。齊白的信文十分簡單，大意是：年來仍以掘墓為業，冀有所獲，乏善足陳，閣下若有可盜之墓，千萬勿秘而自享。

這傢伙，自己盜墓成癖，彷彿全世界人都和他一樣，會喜歡盜墓。

我看着信，想起了陳長青那屋子的地窖，那放置了那麼多靈柩之處，不知算不算是一座大墓？幸虧齊白不知道，要是他知道的話，那自然非得把所有的靈柩全都弄開來看看不可了。

我又想到，李規範他們，也算是神通廣大了，雖然說錢多好辦事，但是那麼多具靈柩，一下子就運走，運到什麼地方去了？

在什麼地方入土為安了，我曾打聽了一下，卻一點消息也打聽不出來，好像根本就沒有這件事發生過一樣。

他們那一伙人，過慣了隱秘的生活，行事作風，未免有點鬼氣森森，溫寶裕把良辰美景當成了「紅衣女鬼」，倒也不是偶然的事。

推測，那些棺木，多半是運回他們各自上代的家鄉去了，只怕也正因為事情發生在不為人在意的閉塞地區，所以才不為人知的。

我挪開了齊白的信，在信紙一揚之間，恰好迎向燈的燈光，在一剎那間，令得白紙在燈光的透視下，變成了半透明。

這本來是十分普通的一種現象，可是就在那一閃之間，我卻看到，潔白的信紙之中，有着一些暗影。

通常，考究的紙張中，會有「水印」，水印也必須向着光線才能看出來，也是用陰影的形式出現的。而這時在我手中的信紙，又不像是該有水印，而且，我想到齊白一生在古墓之中鑽進鑽出，常言道：「近朱者赤，近墨者黑」，這傢伙做起事來，也不免有點鬼頭鬼腦，大有可能是在信紙之中，藏了什麼信息，察看我是小心留意了，還是大意疏忽了過去。

要是我竟然疏忽了，沒有注意，那麼自然成為下次和他見面時的取笑資料了。

所以我心中一動，就着燈光，去看紙中的那些陰影，一看之下，認出那是自一到〇的阿拉伯數字，和自A到Z的二十六個英文字母。

數字用尋常小型計算機的位置排列，英文字母則照尋常英文打字機的排列位置。

數字和字母，是什麼意思，我沒有法子懂，因為根據那些數字和字母，幾乎可以排列出任何數碼和字句來。看了一會，我就放了下來，心知齊白用了這樣一張有水印的紙來寫信，一定有原因的，說不定就是為了這個原因，才寫給我的，但是一時之間，既然猜不出原因何在，自然只好不去想它。

正在這時，我聽得樓下，老蔡正在大呼小叫：「小寶，你想死了，弄那麼多這種東西進來。」

老蔡年紀大了，的確特別喜歡大呼小叫，而溫寶裕也不好，經常有一些叫老人家看了幾乎把他當作是外星人的奇怪行為，所以一老一少，相處得並不是十分融洽。平時好在他們見面的機會不多，但就算偶然見着了，也不免要小小衝突一番。

這時，聽得老蔡這樣叫嚷，我知道溫寶裕必然不服，定要還嘴，別看只有他們兩個人，要是吵將起來，我住所這小小空間，也和大戰場差不多，還有什麼安靜可言。

我知道，那得等事態還沒有擴大之際，我非先出面「彈壓」不可。

所以，在還未曾聽到溫寶裕的聲音之前，我已經揚聲叫道：「小寶，你上來，我有話對你說。」

我的意思是，把他叫上來，把齊白的那封信給他看，叫他猜猜齊白在信紙上，有着什麼啞謎，讓他有一點事情做做，他就半天可安靜了。

溫寶裕的反應，出乎意料地順從，只聽得他大聲答應着，接着，便是他上樓梯的聲音，他竟然並沒有對老蔡的呼喝抗辯什麼，真是不容易，我正想稱讚他幾句，已看到他背向着門，閃身進來，手中捧着一隻相當大的盤子。

他用這樣的怪姿勢走進來，自然是為了保護手中的盤子，他一進門，就轉過身來，我先看到他賊忒嘻嘻的笑容，接着，就看到了他捧着的那隻大盤子中所放着的東西。

我也不禁陡地挺了挺身子，而且立即明白，老蔡的大聲呼喝，實在十分有理。

在那隻直徑約有五十公分，本來不知是作何用途的漆盤之上，全是大大小小，蠕蠕而動，有的縮成一團，有的拉長了身體，有的通身碧綠，有的黃黑相間，有的茸毛絢麗，有的花斑奇特，至少有上百條，各種各樣的毛蟲。有的還糾纏成一團，有的則在盤子邊緣昂首，想要離開盤子的範圍。

雖然說在牠們的身上，有着自然界美麗顏色的一半以上，可是由於形態實在醜惡，而且一看到了之後，就使人想到，這些毛蟲，多半會放出毒素，令人的皮膚，起異樣的敏感，變成又紅又腫，又痛又癢，所以更在心理上造成極度的不舒服。

我吸了一口氣：「小寶，你這是幹什麼？」

溫寶裕本來是笑嘻嘻的，多半還以為我見他捧了一盤毛蟲進來，還會讚他幾句，一看到我面色不善，這小子倒也知機，眨了眨眼：「這……全是胡說要我捉的，他是昆蟲專家，捉了來，好研究牠們的生態。」

他說的話，聽來大是有理，要是我是閉着眼睛聽他說的，也就相信了。可是當他這樣說的時候，我正盯着他，他一面說，一面眼珠亂轉，又不敢正面看我。孔老夫子的話，有時很有道理，他說人心術不正，則眸子不正，叫人可以觀人於眸。所以，我一下子就知道這小子是在說謊。

我悶哼了一聲：「是麼？是胡說叫你捉的？」然後，我陡地提高了聲音，大喝：「我看這全是你在胡說。」

溫寶裕正以為他的謊言可以將我瞞騙，忽然給我大喝一聲揭穿，那令他陡然嚇了一大跳，雙手一震，盤子向上揚了一揚，盤子中的毛蟲，倒有一半，揚跌了出來，至少有二三十條，沒頭沒腦，落在他的身上。

這下子，輪到他怪叫了起來，雙手亂舞，鼻子上掛着一條身子一躬一躬、努力想向他額頭上爬去的毛蟲，怪聲喧嘩，那種狼狽樣子，逗得我哈哈大笑。

他放下盤子，大叫着：「別動，一動會踩死牠們，我好不容易才抓了那麼多來的。」

一面叫，一面手忙腳亂。我笑了一會，看他的樣子實在可憐，也幫着他，捉了幾條毛蟲進盤子去，等到所有的毛蟲，看來都捉進盤子去了時，他忽然怪模怪樣，縮着脖子，愁眉苦臉望着我：「會不會有幾條，從我衣領裏鑽了進去。」

我笑道：「大有可能。」

他忙拉出衫腳來，跳着，蹦着，又亂了好一陣子，肯定沒有毛蟲在他背上爬行了，才鬆了一口氣，定了下來。我望着那些令人看了絕無快感的毛蟲，皺着眉：「你捉了這些東西來，究竟有什麼用？」

溫寶裕的神情，得意忘形：「連你看到了也會感到害怕，她們一定更害怕。」

我怔了怔：「她們？她們是誰？」

溫寶裕像是一下子說漏了嘴，俊臉自然而然漲得通紅，眼睛不斷眨着。我看了這種情形，不禁大奇，盯着他看了半晌，他才恢復了正常，裝成若無其事：「到學校去嚇同學，不過真的，胡說鼓勵我捉毛蟲，他說，毛蟲的種類，各有不同，每一種毛蟲，將來會變什麼成蟲，是一定的；雖然牠們在變成蛹的時候，躲在繭裏，看起來個個差不多，可是，到了變成蟲的時候，就千奇百怪，再也不會相同。」

他顯然是為了要掩飾他的窘態，所以才一口氣地說着，我自然知道他的目的。

可是，我想想，他要用毛蟲去嚇唬同學，也不是什麼大不了的事，不值得深究，所以也沒有再問下去。

溫寶裕找到了一隻紙盒，又把毛蟲搬了一次家，逐條捉進紙盒中去，我看他十分起勁，就道：「這裏至少有二十種不同的毛蟲，每一種毛蟲，通常只吃固定的一種植物的葉子，你怎知道哪一種毛蟲吃什麼葉子，怎能養得活牠們？別說看牠們變成蟲了。」

溫寶裕道：「胡說是專家，他會告訴我的。」

說了之後，他又道：「毛蟲可以說是最簡單低級的生物了，居然在食物方面，也有那麼固執的選擇，若是沒有牠要吃的樹葉，牠決不會去吃別的樹葉。算起來，所有樹葉的成分都不會差太多，是什麼告訴牠們要選擇特定的樹葉的呢？」

我笑道：「這問題問得有點意思了，那是遺傳因子決定的，遺傳因子中有密碼，只要是這一種毛蟲，就必然照着那一組密碼生活，沒有一條會逸出規範，胡說是生物學家，他應該可以給你更專門的回答。」

溫寶裕笑了笑：「大自然的奧秘真多。」

他捧起了紙盒，看來準備告辭，那時，電話鈴聲響起，我拿起來一聽，聽到一個氣急敗壞的聲音：「小寶在不在？對不起，衛先生，請他聽聽電話。」

我聽出是胡說的聲音，而且顯而易見，他有非常緊急的事要找溫寶裕。胡說和溫寶裕一起在研究陳長青的那幢房子的過程之中成了好朋友，幾乎天天在一起，還找得他那麼急幹什麼？

我順手把電話遞給了溫寶裕，溫寶裕對於有人打電話到我這裏來找他，表示訝異，連聲向我道歉，並且保證，不會再有這種事發生。

我聽得聽筒中，傳來胡說的大叫聲：「快聽電話，慢慢再道歉。」

胡說為人斯文，性格淡定，不是性急暴躁的人，可是這時卻又心急得驚人。溫寶裕大叫一聲：「來了。」

他把聽筒湊到耳際，才聽了兩句，就臉上變色，失聲道：「不會是她們吧，如果是，那太過分了。」

接着，他又皺着眉，電話聽筒中傳來一陣急促的語聲，我自然聽不真切，只聽到一陣「嗡嗡」聲，溫寶裕更是有點臉青唇白，頻頻道：「這太過分了，太過分了，這……她們太過分了。」

接下來，又是一陣子「嗡嗡」聲——胡說急速地說着話，溫寶裕道：「你先別急，別叫她們在暗中看了笑話，我立刻就來。」

他說着，放下了電話，神情顯得十分嚴重。

我卻一點也沒有在意，我知道，在胡說和溫寶裕之間，可能發生了什麼嚴重的事，但那也一定是青年人之間的事，兒童、少年、青年，各有他們以為十分緊張，彷彿世界末日就要到來的緊張事，但這一類事，在成年人看來，卻不值一哂。

所以，胡說和溫寶裕緊張他們的，我一點也不去關心他們，溫寶裕放下了電話，向我一揮手，向外便衝，我大叫一聲：「喂，你的毛蟲。」

他已經打開了門，跳上了樓梯的扶手，直向下滑了下去（老蔡曾發狠要在那上面釘上幾枚釘子，不讓溫寶裕滑下去），一面叫道：「暫且寄放一陣，我有急事。」

我還想說我才不會去找各種不同的樹葉餵牠們，餓死了不關我事。可是一想，和這種少年人多費唇舌則甚，也就懶得出聲了。

當日黃昏時分，白素回來，我想起那一盒毛蟲，又想到女性對這種昆蟲，大都有一種先天性的厭惡，白素雖然是出類拔萃的女性，但要是不小心揭開了那紙盒，觀感也不一定會愉快。

所以，我叮囑了一句：「書房有一隻紙盒，別去打開它。」

白素用疑惑的眼光向我望來，我笑道：「是小寶留下來的一盒毛蟲！」

白素作了一個怪臉：「毛蟲！小寶要來幹什麼？」

我笑了起來：「他說要來嚇人！」

白素不以為然地搖着頭：「他也不小了，應該到了送玫瑰花給女孩子的年齡了，怎麼還無聊地用毛毛蟲嚇女孩子？」

我順口道：「你怎麼肯定他是嚇女孩子的？」

白素瞪了我一眼：「動動腦筋就知道了，男孩子自己敢去捉毛蟲，怎會給毛蟲嚇着了？」

我不禁失笑：「真是，不知道什麼人家的女孩子倒了霉，惹上了溫寶裕這個小煞星。」

白素笑得柔和：「少年男女在打打罵罵聲中，另有難以形容的甜蜜和樂趣！嗯，今晚上的音樂會——」

我忙道：「我們當然一起去！」

晚上，有三位音樂家自北歐來，是室樂演奏的高手，在白素的一位朋友的家中，有一個規模不大的聚會，參加者大約五十到六十人，音樂家會演奏A小調鋼琴三重奏：柴可夫斯基的《紀念一個偉大的藝術家》。白素是古典音樂的愛好者，我無可無不可，本來想推掉不去，看來現在是非去不可的了。

白素一面走向樓上，一面道：「看今天的報紙沒有？胡說很出風頭。」

我笑了起來：「還是那幾個木乃伊的事？」

白素答應着，逕自上樓去了。我拿過報紙來，早幾天，報上就有消息說，本地的博物館，向埃及的博物館借了十具木乃伊來展覽，供市民參觀。本地博物館主其事者是胡說——自然是通過了他堂叔在埃及考古界的地位而達成這件事的。

記者還說，由於本地博物館，從來未曾有過木乃伊展出過，所以一定會引起轟動云云。

在今天的報紙上，我又看到了木乃伊運到，胡說在主持裝載木乃伊的箱子搬進博物館時的情形，樣子挺神氣，照片上可以看到，溫寶裕也擠在人堆中湊熱鬧。

而且，博物館的通知也登在報上，正式展出的日期是兩天之後。

我放下報紙，自然而然想起下午溫寶裕在我這裏時，胡說那個氣急敗壞的電話來。心想十具木乃伊一到，寫說明，安排展出，夠他忙的了，還有什麼事，會要來找小寶商量，而且還那麼緊張？

照說，他工作上忙成那樣，是沒有什麼時間再另外出什麼花樣的了。可是，他和小寶在一起，誰知道又會玩出什麼新鮮花樣來。

我只是想了想，並沒有再去注意。

世上的事，往往就是那樣，不去注意的，實際上是值得注意的大事。而本來認為是一個相當平淡的音樂聚會，卻又會有意想不到的遭遇。

進行音樂聚會的是一幢大洋房，主人雅愛音樂，有小型的演奏廳，我和白素到達的時候，客人已到了一大半，大都圍着三位演奏家在談天，我聽了一會，拿着酒杯走開去，沒有目的地走着，看着屋子的佈置。

屋主人毫無疑問是音樂迷，在他屋中所有的陳設都可以說明這一點。在寬大的走廊上，全懸掛着音樂家的畫像，我信步走着，在一幅李斯特的全身像前，停了下來。李斯特是一個充滿了傳奇性的音樂家，他一生的事蹟，被拍成不少次電影，畫像中的音樂家，挺拔超群，氣宇不凡。

我正在欣賞着的時候，感到有人來到了我的身邊站下，維持着禮貌上應該維持的距離，我轉頭看了一看，是一個樣貌相當普通，可是雙目卻神光燦然，一望而知，是十分有內涵的西方人，年紀大約三十歲左右，頭髮有點不注意的凌亂，是一個陌生人。

在這種場合下，主人交遊廣，賓客之間互相不認識，是十分尋常的事，我看他手中也拿着一杯酒，就向他微笑了一下，略舉了舉杯，他也報以微笑，然後開口，居然是一口標準的中國國語：「可惜攝影術發明得太遲了，以致歷史上許多著名的人物，都沒有相片留下來，留下的只是他們的畫像。」

我隨口應道：「是啊，寫實主義的油畫，算是肖像畫中能保留人的真面目的了，中國畫就沒有這個優點，歷代偉人是什麼樣子的，大都各憑想像。」

他也笑了一下：「也有連想像都沒有法子想像的。」

我「嗯」地一聲：「那大多數是年代久遠的人，軒轅黃帝，誰能想像他是什麼樣子的？蚩尤，也不知道是高是矮，是胖是瘦。」

他轉動着手中的酒杯，眼睛也望着酒杯：「相當近代的人物，也有無法想像樣子的，太平天國，不算是很久的事情吧，可是那些領導人物是什麼樣子的，就無從想像。」

本來，在這樣的情形下，遇到陌生人，最多只是閒談幾句就算，然後各奔東西，誰還會記得什麼時候說過什麼話。所以我一聽得他這樣說，雖然覺得他提出了太平天國和人像的問題來，是一個相當值得研究的課題（為什麼值得研究，下面的談話中會說明），我也不打算多說下去，只是隨口「嗯」了一聲。他卻在這時，抬起眼來，直視着我。

他眼中的神色有點殷切，也有點挑戰的性質：「我有一個問題，常想有機會問問中國朋友——」

我不等他說完，就作了一個手勢：「和中國有關的問題，並不是每一個中國人都知道的，而且也不必要每一個中國人都知道中國的一切。」

他連聲道：「是，是。」

這洋人，顯然是「中國通」，對中國人的滑頭脾氣，也學得相當到家，一面「是是」地答應着，一面又突然來一個轉折，以「可是」為開始：「可是，衛先生，你不是尋常的中國人啊！而且，有一些相當神秘的事情，你總有點獨特的解釋的。」

好傢伙，這人不但早就認識我，有備而來，而且一上來就給我幾頂高帽子，想用高帽子罩住我，我當然不會那麼容易上他的當，微笑着：「你說得太客氣了，閣下是——」

他忙伸手入袋，取出了一張名片來，遞了給我，我接過來一看，上面印的是漢字：班登。旁邊還有一行小字，註明他是一家大學的東方歷史研究所的研究員。

在我看他名片的時候，他有點油腔滑調：「和班家套套近乎，班固班昭班勇班超，實在太出名了。」

我心中好笑，心想這倒好，歷史上的幾個有名的姓班的人，全叫他數出來了，洋人取中國名字，也不是什麼新鮮事，倒是他先知道了我是誰，再用陌生人偶然相遇的方式來和我交談，這種鬼頭鬼腦的過程，我不是很喜歡，所以應對之間，也比較冷淡了一些：「東方歷史的內容太廣泛了，閣下的研究專題是——」

他忙道：「太平天國，我一直在研究太平天國。」

我點了點頭：「這是中國近代史中很值得研究的一段，也十分驚心動魄，中國學者研究這段歷史的人也很多，畢竟時間並不太久遠，資料也容易取得。」

班登一面雖然不住點着頭，可是卻一副並不同意，還有很多話要說的樣子。我已經準備結束和他的談話，準備離去了，他卻突然問：「衛先生，太平天國時期，喜歡在牆上繪畫——」

我答：「是啊，太平天國的壁畫，十分有特色。」

班登卻道：「最大的特色是，太平天國時期的壁畫之中，全然沒有人物。」

我怔了一怔，是的，我有一個時期，對太平天國這樁歷史事件也相當有興趣，曾看過不少有關資料，主要是由於有一件事，當事人的上代，是當過「長毛」（太平軍）的，那件事牽涉到了太平軍大潰敗時的一批寶藏，和一個被長期禁錮在一塊木炭中的靈魂，詭異莫測。

（整件事，記述在題為《木炭》的這個故事中。）

在那時，我已留意到很多記載上，都提及太平天國的壁畫中沒有人物，甚至在應該有人物的情形下，也全然不繪人物。

但我一直未曾將之當作什麼特別的問題。班登對太平天國的一切，顯然有相當程度的研究，所以才會提出這個問題來。

我略想了一想：「是，不但是壁畫，太平天國好像自上到下，特別不喜歡人物畫，所有的領袖，沒有一個有肖像畫留下來的？」

我在最後一句話中用了詢問的語意，是由於我未能肯定是否如此之故。

班登卻肯定道：「是的，衛先生，我想知道為什麼？是不是有特別神秘的成分在內？」

這個問題，自然是不好回答之極，我「嗯」了一聲，想不出該如何回答才好，班登又道：「是不是那些人都有見不得人之處，還是由於別的什麼原因，所以他們都不願意有真面目留下來了？」

我仍然無法回答，只好道：「或許沒有什麼神秘，只不過是他們的習慣？」

班登忽然變得十分急切，甚至揮舞着雙手，講話也急促起來：「不，不，一定有極其神秘的原因的。真可惜，不多久，攝影術就發明了，要是早幾年，太平天國那些人的樣子，一定可以留下一些來的。」

我覺得他的態度十分可笑：「你想知道洪秀全楊秀清石達開那些人的樣子，有什麼用呢？」

他瞪大了眼望着我，一副失望的神情，還有一點很不滿意的神氣在內，看來他沒有在言語上對我不滿，已經是十分客氣的了，他道：「知道他們是什麼樣貌，自然沒有什麼特別的意義，可是他們為什麼不讓他們的樣貌有任何留下來的可能，卻十分值得研究。」

他仍然望着我，想知道我還有什麼意見，我覺得他根本是在鑽牛角尖，很多西方「學者」研究中國問題的時候，都是這樣子的，抓住一點小問題，小題大做，可以寫出洋洋灑灑的論文來。

所以，我只是十分冷淡地道：「是麼？照我看——」

我正找不出該和他說些什麼話時，有人在叫：「演奏開始了，請各位到演奏聽去。」

這一下叫喚，正好為我解了圍，我向班登作了一個手勢，就不再理他，自顧自走了開去。

當我離開的時候，我注意到他的神情很失望，而且一副還想和我說話的樣子，可能是由於他看出了我的冷淡，而感到自尊心受到傷害，所以沒有出聲，而我根本不想和他說下去，所以趁機就和他分開了。

演奏會自然精彩絕倫，在四十五分鐘左右，當柴可夫斯基的樂曲演奏完了之後，在熱烈的掌聲之中，音樂家又奏了幾段小品，才告結束，賓客陸續離去，主人走過來向我打招呼。

我和主人不是太熟，只知道他是一位銀行家而已，寒暄幾句之際，他看來是順口道：「班登醫生是一個怪人，你們談得很投機，講了些什麼？」

我陡然一怔，反問：「班登醫生？還是班登博士？」

主人是用英文在交談的，「醫生」和「博士」是同一個字，自然難以分得清。

而班登如果是一個歷史學家的話，他有博士的頭銜，自然十分尋常，如果他同時又是一位醫生，那就非常之突出了。

主人道：「他是醫生，是——」

他只講了一半，忽然陡地住口，神情十分不好意思：「他……十分古怪，早十年我認識他的時候，他是十分出色的醫生，後來忽然把醫生的頭銜棄而不顧，真是怪人。」

我又怔了一怔，在我的經驗之中，還未曾知道過有什麼人把醫生的頭銜拋棄掉的。如果一個人為了研究中國近代史，而把醫生的頭銜扔掉，雖然談不上什麼可惜不可惜，總是一件相當怪異的行為。

看來，班登這個人真不簡單，我應該和他多講一會的。一想到這一點，我就四面張望着，主人像是看穿了我的心意：「他早就離開了，甚至沒有聽演奏，真可惜。他是聽説你會在今晚出現，所以特地來的。」

我「啊」地一聲低呼，一時之間，頗有失落之感。想起我急於擺脱他，不顧和他交談時他的那種失望的神情，心中很不是味道。

原來他是專門找機會來和我見面的。

他要和我見面的目的是什麼？難道就是為了討論太平天國那些頭子為什麼連畫像都沒有留下來？我又不是中國近代史的專家，這種冷僻的問題，和我討論，會有什麼結果呢？

當時，我的思緒相當紊亂。人的思緒相當奇怪，有時在對一些主要的事，惘然而沒有頭緒之際，反倒會想起一些莫名其妙的枝節問題來。

我那時的情形，就是這樣，忽然想起了班登的年齡問題來，他看起來，只不過三十歲左右，而主人卻說他十年之前，已經是醫生了。一個人可以在二十歲左右成為出類拔萃的藝術家、運動家等等，但醫生是要受長時期的嚴格訓練的，沒聽說什麼人憑天才可以成為醫生的。

也就是說，一個人如果在二十歲左右就當了醫生，那是十分罕有的事。

我一想到，就把這個問題提了出來，沒想到那麼簡單的一個問題，卻令得主人神色尷尬，忸怩了一會，才道：「他……看起來比實際年齡年輕了許多，你知道，醫生……他們總有辦法把自己弄得看來年輕一些的，他們管的就是人的身體。」

這算是什麼回答，我自然不會滿意。可是當我還想追問時，有好幾個人過來和主人打招呼，主人也像是要避開我一樣，向我抱歉地笑着，轉過去和別人應酬去了。

這時，白素也來到了我的身邊，她看出我有點心神不屬的樣子，就用眼色向我詢問發生了什麼事，我無可奈何地笑了一下：「遇到一個怪人，日後只怕要麻煩你去打探一下他的來歷。」

白素有點愕然：「我認識這個怪人？」

我笑了起來，指着主人：「主人認識，而我覺得他不是很肯說，要你出馬才行。」

白素當下笑了一笑，沒有再說什麼，在回家途中，我把和班登晤面的經過，向白素說了一遍，她也覺得十分訝異：「由醫生改作去研究歷史的例子太少了。」

我道：「是啊，而且研究的課題還十分冷僻：太平天國的壁畫中，為什麼沒有人像，哼。」

白素想了一會，也認為有點難以想像：「如果今晚的主人，對班登的來歷是知道的話，我一定可以探聽出來的，明晚還有同樣的演奏，我會早一點來，和主人談談。」

我忙道：「演奏的確十分精彩，可是我……」

白素不等我說完，也明白了我的意思：「明晚准你免役吧，你這種俗人，難得聽一次好音樂，就像是受罪。」

我笑了起來：「反正是俗人，聽多幾次音樂也雅不起來，樂得做點自己更有興趣的事。」

白素不置可否，到家之後，我有點急不及待，去翻閱太平天國的史料，有一些專門講述那時期壁畫的資料，提到太平軍不論佔領了什麼巨廈大宅之後，都喜歡在牆上留下大量的壁畫，可是所有的壁畫上，都沒有人物，並且有明文規定，畫畫的時候，不能畫人像上去，至於為什麼，史料卻沒有解釋。

這本來是歷史上鮮為人知，也很少有人注意的一個小問題，但是一提起來，從神秘的角度來設想，也就可以有許多種不同的想像了。

這時，我倒真希望班登能突然出現，我好聽聽他的意見，因為他既然專門研究這個問題，雖然沒有結果，至少有了一定的設想了，聽聽他的設想，也是好的。

可是在看着史料，時間溜過去時，沒有等到班登，倒等來了胡說和溫寶裕。

第二部

活的木乃伊

（這標題有吸引力多了！）

他們兩人雖然是我書房中的常客，可是這時候會出現，倒使我十分驚奇，因為時間已過了午夜，而且他們來前，也沒有電話通知。

更令我感到驚訝的，是他們兩人的神態實在太不對勁了。一望就知有十分嚴重的事，發生在他們身上，而且使他們感到了極度的困擾。

他們兩人，全都面色半灰不白，鼻尖和額頭，不住地冒着汗，雙手手指絞在一起，嘴唇更是煞白，而且不住發着抖，一副想説什麼又不知從何説起才好的樣子，再加上兩個人擠在一張沙發上，好像那樣彼此間才有個依靠，可以減少心中的恐慌。

一見這等情狀，我就知道事情非同小可，因為胡説和溫寶裕，都不是普通的年輕人，平時他們已十分有主見，可以應付許多問題。而如果有什麼問題可以令得他們像如今那樣狼狽，那肯定是大問題了。

他們兩人都用求助的眼色望着我，為了使氣氛輕鬆一些，而且我也確然相信，就算問題再大，到了我這裏，總有可以解決的方法，所以我道：「小寶，你那盒毛蟲，可以拿回去了吧，我找不到樹葉餵牠們，只怕快餓死了。」

溫寶裕現出一個十分苦澀的笑容來，煞白的口唇掀動了幾下：「毛蟲，還有屁用，自己沒嚇着人家，已經被人家嚇個半死了。」

聽他的話，好像是有什麼事發生，令得他們兩人，受到了驚嚇，我冷笑一聲：「我看不止半死，至少是五分之四死了，你們去照照鏡子看，看看自己還有多少活人的樣子，哼。」

溫寶裕和胡説對我的指摘，都沒有反駁，平時，溫寶裕一定不服的，這時他居然默認了，可知他所受的驚嚇，確實不輕。

我無法令氣氛輕鬆，自然也不想再嘲笑他們，所以不再出聲，等他們自己説出來。

胡説站了起身，也沒有經我同意，就在書架上取過一瓶酒，居然就打了開來，對着瓶口，喝了一大口，而且還把酒瓶遞給了溫寶裕，溫寶裕居然也接了過來。我有忍無可忍之感，陡然大喝一聲，溫寶裕手一震，手中的酒瓶，幾乎跌下來，但是他們仍然急急喝了一口，一面抹着口角，一面嘟噥着：「嚇死人了，人家已經是驚弓之鳥了，還來嚇人。」

一口酒下肚，不到半分鐘，他的臉色已紅了起來，我一伸手，在他的手中搶過酒瓶來：「要是讓你媽媽知道你在我這裏喝酒，哼哼！」

我作了一個砍他頭的手勢，他縮了縮頭，哼了一聲：「女人全是可怕之極的。」

他沒頭沒腦發了一句這樣的牢騷，胡說居然立時認同：「是啊，早知不和她們打什麼賭了。」

我大是好奇：「打賭？和什麼人打賭？打的什麼賭？」

胡說和溫寶裕互望了一眼，驚恐之中，又帶了幾分尷尬，欲言又止，兩人頭湊在一起，先低聲商議。可是所謂「低聲商議」，聲音卻又高到我恰好可以聽得見，可知他們還是有意說給我聽的，真不知道他們行事如此鬼祟，所為何來。

胡說先道：「講好了，不能向衛斯理求助的。」

溫寶裕道：「可是現在事情鬧大了啊，就算我們不對他說，他也會追問我們的，等他知道了是什麼事，還能不插手嗎？這可不能算是我們向他求助。」

胡說點頭：「說得也是。」

他們兩人，一面「低聲密議」，一面眼光卻連珠炮向我射過來。

這時，我真是又好氣又好笑。

這兩個人也未免太鬼頭鬼腦了。他們一定是不知和什麼人打了賭，而且在打賭之前，曾經口硬過，不論發生了什麼事，都不能來向我求助。

而如今，自然是事情有他們收拾不了的事發生，他們要來向我求助了，卻又怕輸了口，面子上下不來，所以就想引起我的好奇心，去問他們發生了什麼事，那麼，就不算他們向我求助，而是我主動去管他們的事了。

本來，我對於他們究竟遭到了什麼困難，也十分關心，可是他們居然在我面前，要起這種未入流的手段來，那卻使我改變了主意，我故意走遠了些，自顧自找了一本書翻着看，對他們向我望過來的殷切求助的眼光，視若無睹，不加理睬。

兩人「商議」了一陣，見我沒有反應，一起苦笑，胡說道：「認輸了吧，我不知她們闖了什麼禍，只怕不可收拾，還是早點解決了好。」

溫寶裕也連連點頭，他們一起站了起來，向我走過來。

我並不放下手中的書，揚起手來：「把事情從頭說起，你們和什麼人打賭來了？」

我並沒有望向他們，卻聽到他們的喉際，各自發出了吞嚥口水的「咕」地一聲響，然後，是他們兩人一起說出兩個人的名字來：「良辰美景。」

我陡然一呆。

良辰、美景！就是那一對雙生女，輕功絕頂，慧黠之極，曾在陳家大屋中出沒，扮鬼嚇溫寶裕，愛穿紅衣，來歷神秘的良辰美景！

我並不知道她們和溫寶裕一直有見面，現在，聽得兩人尷尷尬尬地說出了她們的名字，我才有點恍然，胡說年紀大些，溫寶裕年紀小，但都不成問題，他們都到了對異性感興趣的年齡，而良辰美景，女孩子比較早熟，自然也不會討厭和異性交往。

看來，陳家大屋就是他們雙方經常見面的地方，而胡説和溫寶裕也一直未曾對我説起。還是白素敏感得多了，那一盒毛毛蟲，看來是準備用來去嚇良辰美景的。用毛毛蟲去嚇在中國武學上造詣極高的高手，溫寶裕也未免太孩子氣了。

而事情和良辰美景有關，更使我感到嚴重，因為她們畢竟不能算是現代社會的人，本領又大，又正處於最愛胡鬧的年齡，若是放肆胡作非為起來，什麼事情都做得出，看胡説和溫寶裕的樣子，怕不是她們闖出了什麼大禍來了？我迅速轉着念，一面極之不滿：「你們和她們，是什麼時候開始打交道的？」

兩個小傢伙的神情，有點忸怩，你推我，我推你，後來大約看到我臉色大是不善，而且他們本身也一定有非要我幫忙不可的地方，所以胡説才道：「就在陳家大屋中，我和小寶正在研究屋子的結構時，她們突然出現的，開始的時候，我們還嚇了一大跳。」

我悶哼一聲：「那是什麼時候的事？」

溫寶裕有點支吾：「在那批靈柩運走之後不久。」

我又悶哼了一聲，手指在桌面上輕敲着：「那時，你多少已經知道她們的來歷了？」

溫寶裕抗聲道：「她們的來歷，連你也不知道，我只是知道了她們是人，不是鬼。」

我再悶哼一聲：「她們根本不屬於這個時代，你們和她們有什麼好來往的？」

溫寶裕道：「才不，她們不知多現代，不但舞跳得好，而且知識豐富，見識之高，現代社會的那些時髦少女，真是望塵莫及。」

胡說也大有同感：「真的，絕比不上她們。」

我聽得又好氣又好笑，這兩個年輕小伙子，對良辰美景的好感，屬於一種掩飾不住的自然而然的感情。少年男女的事，自然不適宜去理會，由得他們自己去發展好了。所以我的口氣緩和了許多：「那麼，到底發生了什麼事，令你們害怕成那樣？」

兩人互望着，都低下頭不出聲，我道：「是從一次打賭開始的，是不是？」

兩人都咬着牙，點了點頭。胡說道：「我們之間的打賭，也不止一次了，幾乎每次都是她們勝……」

溫寶裕講話的神氣在充大人：「當然，我們要讓讓女孩子。」

胡說道：「最近一次打賭，是賭誰能令對方害怕，而且講好了，不准向你求救。」

我指着他們兩人：「你們也太沒出息了，就只想到抓一盒毛毛蟲去嚇女孩子？」

溫寶裕咕噥着：「她們應該感到害怕的。」

我又瞪了他一眼，問：「那麼，她們做了些什麼，令你們感到害怕了。」

溫寶裕憤然道：「太過分了。」

我陡然想起下午，溫寶裕在這裏的時候，胡說曾氣急敗壞地打過電話來，溫寶裕在電話中，也曾說了一句「太過分了」，多半事情就是在那時候發生的。

我冷笑了一聲：「既然賭了，就要服輸，她們用什麼方法，把你們嚇成這樣？」

兩人又互望了一眼，胡說吸了一口氣，才用一種顫抖的聲音道：「她們弄了一具活的木乃伊進博物館。」

我怔了一怔，一時之間有點不明白。

「活的木乃伊」，這的確有點令人難以明白，就像是「熱的冰塊」一樣，木乃伊一定是死的，不但死了，而且是死了很久的屍體，上面冠以「活的」這個形容詞，這不是太匪夷所思了嗎？

我望着他們兩人，兩人的臉上，都一陣青一陣白，顯然，這「活的木乃伊」，真令他們感到了極度的恐懼。

我道：「說得詳細一點。」

溫寶裕忙推了推胡說，這小滑頭，他一定是自己感到害怕，不敢說，所以叫胡說來講。

我盯了他一眼，他忙解釋：「事情是他首先發現的，實在應該先由他來說。」

我有點不耐煩：「由誰來說都一樣，究竟是怎麼一回事？活的木乃伊，哼！」

胡說嚥了一口口水，又喝了一口酒：「博物館方面，向埃及借了十具木乃伊來展覽——」

這件事我是知道的，報紙上登載得相當詳細。木乃伊是埃及人處理屍體的一種特殊方法，古埃及人堅信人死了之後，靈魂離開身體，只不過是暫時的，總有一天，靈魂會回來，再進入身體之中，所以他們就用盡方法，來保存屍體的完整，以求來日靈魂復歸之用。

這種保存屍體的目的，充滿了神秘詭異。古埃及人用的方法十分有效，他們克服了細菌學、生理學、藥物學上的種種問題，用了許多獨特處方的藥料和香料，再用細麻布把屍體緊緊包裹起來，使得屍體不循正常的方式腐爛，而變成了乾屍。

自然，不論古埃及人的信仰多麼堅決，事實上，並沒有什麼人在死了之後，靈魂又回來，再進入以前的身體的。

幾千年來，木乃伊也一直「備而不用」——幸虧是如此，因為古埃及人雖然用盡了方法，可是在保管屍體這方面還是失敗了。靈魂離開了身體之後，身體就開始變化，一具死屍，保管得再好，也無法和活人一樣。成為乾屍的木乃伊，被白布包紮着，已然是詭異可怖，若是解開白布，乾屍的面目身軀，更是可怕之極。

若是真有靈魂回來，進入了這樣的乾屍之中，又變成活人的話，那只怕是世上最可怕的事了。

幸而一直以來，「木乃伊復活」，只是恐怖電影和恐怖小說中的事。

而如今胡說和溫寶裕兩人，一開口就提及了「活的木乃伊」，難道良辰美景這兩個人，竟然能令得木乃伊復活？她們固然神通廣大，但也決不會有這個能力。多半是她們在運抵博物館的木乃伊中，做了什麼手腳，就嚇得胡說和溫寶裕這一雙活寶貝手足無措、屁滾尿流了。

一想到這一點，我心情也就不再那麼緊張，雙手抱膝，點了點頭，示意胡說講下去。

胡說道：「博物館方面，由我完全負責安排展出，一切事，幾乎都是我一個人在做——」

我揮了揮手：「請直接敘述主要發生的事。」

胡說苦笑了一下，以下，就是他遇到的，發生的主要的事。

為了展出借來的木乃伊，博物館騰出了主要的展覽大廳。

那十具木乃伊的資料，是早已寄來的，胡說也做好了翻譯的工作，交給職員寫了出來，放在每一個玻璃櫃之前，供參觀的人了解。

估計來參觀的人會相當多，所以在玻璃櫃之外，圍了欄杆，以防人太擠的時候，使玻璃櫃碎裂——自然不是怕櫃中的木乃伊會蹦跳而出，而是怕碎玻璃會令得參觀者受到傷害。

一切準備就緒，十具木乃伊運到，在博物館的展覽廳中拆開木箱，放進玻璃櫃中，忙碌了一天半，總算告一段落，運載木乃伊來的箱子，和箱子中填充的軟膠粒也都收拾乾淨，準備搬到儲存室去。因為木乃伊是借來的，要還給埃及，那些箱子，在運回去的時候，還有用處。

胡說和工作人員一起離開，那是午間的休息時間，過了休息時間之後，由於別的工作人員沒有事做了，胡說一個人回到展覽廳。

他離開的時候，是所有人中的最後一個，由他鎖上了門，博物館的保安措施相當嚴密，每一個展覽廳都有相當完善的防盜設備，但胡說在離開的時候，只是鎖了門，並未開啟防盜設施。

一則，是大白天，二則，他也不以為會有什麼人去偷一具乾屍來玩玩的。

他回來的時候，打開門，走進去，一切都十分正常，他也立刻開始進行一些還需要他來做的工作，大約在半小時後，他一抬頭，看到了第六號玻璃櫃——那只是偶然的一瞥，他的視線甚至不是集中在那玻璃櫃上，只是一看之下就移開的，但是那一剎那間，他所看到的情形，卻令他的視線，固定在第六號玻璃櫃上，再也難以挪得開去。

第六號玻璃櫃中，有兩具木乃伊。

當時，他心中也只是暗罵工作人員太粗心大意了。十個玻璃櫃，放十具木乃伊，每隻一具，清清楚楚，怎麼會在一隻櫃子中擠了兩具進去呢？

他心中一面嘀咕，一面向其他櫃子看去，他的目的十分明顯，有一隻櫃子中放了兩具木乃伊，那麼，一共十隻櫃子，就自然有一隻是空了的。

可是，一眼望去，其餘九隻櫃子中，卻沒有一隻是空的，各有一具木乃伊在。櫃子是玻璃的，玻璃是透明的，櫃子中是不是有東西，有的是什麼東西，一眼可以看得清清楚楚，絕不會有絲毫含糊。

可是由於事情很怪，所以胡說還是十分小心地再看了一遍，肯定眼前的情形是：多了一具木乃伊出來。

如今在展覽廳中的木乃伊，是十一具，而不是十具。

胡說在這時候，心中已經覺得怪異莫名，心頭也不禁怦怦亂跳，雖然在白天，也不禁感到了一陣寒意。

他一直在負責這項工作，自然知道，木乃伊是十具，不可能是十一具的，中午休息，離開的時候，還只是十具，怎麼會忽然多出一具來了呢？

他這時，由於感到怪異莫名，心中慌亂，一時之間，也未曾想到和良辰美景打賭的事，他想大聲叫喊，可是又感到這種事，太驚世駭俗，在未曾弄清之前，太大驚小怪，未免會擾亂人心。所以，他並沒有叫什麼人，自己走到了第六號玻璃櫃前。

每一個櫃子，都是有鎖的，鑰匙也都由胡說掌管，胡說發現櫃子還鎖着，他在取出鑰匙來的時候，手已經不由自主，有點發抖了。

他就站在櫃前，櫃中兩具木乃伊，就在離他極近處，雖然隔着一層玻璃，但那起不了心理上的防守作用。

他盯着櫃子，一下子就分出哪一具木乃伊是多出來的。

因為那十具木乃伊，都是超過三千年的歷史，包紮他們的布條，在當時不論多麼潔白結實，也早已變黃變霉，殘舊不堪了。

可是，多出來的那一具，包紮着的布條，卻相當新，看得出來決計不是古物。

當胡説看清楚了這一點之後，他也陡然想起了他和良辰美景之間的打賭。而一想到打賭，他就不禁「哈哈」一笑，心中有一股説不出來的滋味，笑容浮上臉來，再也難以消退。

他拿着鑰匙的手也不抖了，心中一點也沒有懼怕，反倒覺得有趣。一方面，他心中也佩服良辰和美景，因為要把這樣一個木乃伊形狀的物體，全然不被人覺察，弄進博物館來，也不是容易的事，不過，她們以為這樣就能令自己害怕，那未免太天真了。

他的確感到良辰美景的天真，十六七歲的女孩總是天真的，而在胡說的心目中，她們似乎特別天真。她們的天真和她們的本領，全然不相稱，這才顯得她們是這樣的奇特過人。

胡說一面浮想連篇，一面打開了櫃子的玻璃蓋子，伸手進去，抓住了那隻木乃伊，在他的想像之中，那木乃伊雖然紮着白布條，但白布條內，至多不過是棉花、海綿等類的物體，一定不會很重，一隻手就可以將之抓出來的。

可是，他一抓之下，才覺不然，那木乃伊相當重，至少他一抓之下，沒有抓動。抓不動倒還在其次，令他大愕的是，那木乃伊抓上去，隔着布條，竟然有那是活的感覺。

胡說疾縮回手來，呆呆地望定了那木乃伊，一時之間，不知如何才好。

而當他盯着木乃伊看着的時候，又發現那木乃伊的心口部分正在微微起伏着，像是一個人正在呼吸的時候一樣。當他乍看到這種情形時，還以為自己眼花了，連忙揉了揉眼，可是依然看到了同樣的情形，心口的起伏相當慢，但十足是在呼吸。

胡説看得心中有點發毛，但他既然想及那是良辰美景幹的好事，要在布條包紮之下，玩上一點花樣，令之能緩緩起伏，看來如人之呼吸，也不是什麼難事，如果對方的目的是令自己害怕的話，更應該如此才是。

他又笑了兩下，可是這時的笑聲，未免有點乾澀，因為眼前所見的情景，極其詭異，令人有一種不寒而慄之感。

他伸手，按向那起伏的「心口」，手掌心的感覺，可以清楚地感到「心口」的起伏，他正想用力按下去，看看會有什麼結果時，陡然之間，他的手掌，又感到了一種跳動，一種十分輕微的跳動，而且，一下子就使人感到，那是人體內心臟的跳動。胡説像是手按在一塊燒紅了的鐵上一樣，陡然縮回手來，不由自主，連退了幾步，張大了口，再也笑不出聲來，思緒亂到了極點。

在那一剎那間，他只感到：「不會的，不會的，木乃伊就算活了，也不會有心跳的，因為木乃伊在製造的過程之中，是把人體的內臟，全都取了出來的。」

（由此也可知古埃及人的信念是多麼無稽：靈魂就算會回來找身體，一個沒有了內臟的身體，又有什麼用處呢？）

沒有心，哪來的心跳？同樣的，沒有肺，又哪來的呼吸？那白布條包紮之下的，不是一具乾屍，也不是一堆人形的棉花或輕膠，是一個活人。

有這個可能嗎？如果是活人的話，會不會是良辰美景的其中之一？好讓自己解開白布條之後，突然大叫一聲，把自己嚇個靈魂出竅？

如果是這樣的話，胡說苦笑，那她們兩人也未免把他膽子估計得太大了，事實上，現在還沒有解開布條來，他已嚇得喉乾舌燥。雙手無意義地揮動着，不知如何才好了。

他勉力定過神來之後，第一件所做的事，是把櫃子的玻璃蓋子蓋好，又鎖上，像是那具有心跳有呼吸的木乃伊，會突然跳起來一樣。

當他在做那些事的時候，他一直盯着那具木乃伊，愈看愈覺得在白布條之下，紮着的是一個人，一個活生生的人。

雖然他曾假設，可能是良辰或美景，把她們中的一個，紮了起來，而也因之帶來過一絲浪漫的想法——他剛才曾用力按住那「木乃伊」起伏的胸口——可是，他還是否定了那種想法，誰會那麼笨，把自己紮成了木乃伊？

胡說愈想愈不對勁，他找了一幅布出來，蓋住了第六號櫃子，免得被他人發覺櫃子中多了一具木乃伊，而且還是活的，然後，他到處打電話找溫寶裕。

溫寶裕是他的好朋友，而且打賭的事，他們又是狼狽為奸的，如今發生了這種他們意料之外的事，自然先要和溫寶裕聯絡。

他終於在我這裏，找到了溫寶裕，兩人在電話中匆匆交換了一下意見，溫寶裕也認定了那是良辰美景玩的把戲，所以立時放下那盒毛蟲，匆匆趕去博物館，和他的合伙人胡說相會。

胡說講到這裏，停下來向我望望，我心中在想，溫寶裕趕去和胡說相會，是下午的事，如今已是午夜，自然這段時間中，又有意想不到事情發生，不然，他們兩人，不會嚇成那樣。

所以，我雖然想到了，那應該是良辰美景的惡作劇，但由於不知道事態的發展究竟如何，所以我暫時也不發表什麼意見。溫寶裕深深吸了一口氣：「我到了博物館，胡說正忙着，我看出他神色不定，又不能當着別人細說，只好斷斷續續，告訴了一下經過，我一聽，自然認為那是良辰美景她們玩的花樣。」

溫寶裕認為那是良辰美景玩的花樣，是十分自然的事，他悄聲道：「且別理，等博物館只有你和我時，再想辦法對付。」

胡說有了溫寶裕撐腰，心中也鎮定了很多，雖然還有其他的職員，但這個展覽由他負責，他在第六號櫃子上覆蓋了白布，並寫上了「請勿移動」的牌子，倒也沒有什麼人去動它，所以，除了他和溫寶裕之外，也沒有人知道第六號櫃子中多了一具木乃伊，而且還是活的。

好不容易等到六點鐘，博物館的員工，相繼離去，只剩下胡說和溫寶裕兩個人了，溫寶裕吩咐胡說，反鎖了展覽廳，有人撞進來，同時，也可以防備良辰美景的神出鬼沒。

天色黑了，他們着亮了燈，燈光不是很明亮，展覽廳又大又空洞，映着玻璃櫃中的木乃伊，氣氛自然不是很輕鬆活潑，兩人互望了一眼，神情也有點鬼頭鬼腦，一副做賊心虛的模樣。

溫寶裕在到了博物館之後，只揭開過白布條偷看了幾眼，直到這時，他才一下子把那幅布，自第六號櫃子上，拉了下來，雙眼睜得老大，去注視櫃子中，那活的「木乃伊」，他也立即發現，木乃伊的心口部分，正在緩緩地起伏着，像是布條下的人，正在呼吸。

溫寶裕吞了一口口水，聲音有點乾澀：「把蓋子打開來看看，究竟那是什麼妖魔鬼怪，還是紅衣小女妖在作怪，待本天師作法對付。」

他在指手劃腳，喃喃自語以壯膽間，胡說已經將玻璃櫃的蓋子打開來，好一個溫寶裕，左手揑了一個劍訣，右手並沒有降妖的桃木劍，只得併指如戟，指着那具木乃伊，口中發出了「呔」地一聲：「何方妖孽，還不速現形，上天有好生之——」

他下面一個「德」字還沒有出口，咧着的口，再也收不攏來。

因為就在那一剎那間，他看到那木乃伊，在扭動着，扭動的形式，怪異之極，像是被布條包紮着的身體，感到了極度的不舒服，所以要掙脫布條，情狀不但十分令人心驚，而且有一種噁心的醜惡。

溫寶裕陡然向後退了幾步，撞在他身後的胡說身上，胡說也看到了那木乃伊的那種難以形容的醜惡兼恐怖的扭動，兩人都張大了口，出不了聲。

過了好一會，溫寶裕才說話帶着口吃：「這……這究竟是什麼妖孽？」

胡說喘着氣：「自然是木乃伊。」

溫寶裕苦笑：「你怎麼啦？木乃伊要是會動，那還叫什麼木乃伊，這……裏面是一個活人。」

胡說「嗖」地吸了一口氣，壓低了聲音：「她們兩人胡作非為之極了，莫非是隨便弄了一個人來，把他綁起來嚇我們？」

溫寶裕大是駭然：「要是把這個人悶死了，我們豈不是要跟着吃人命官司？快，快解開來。」

溫寶裕一面說，一面就要手去扯白布，胡說一把拉住了他，把他拉得連退了幾步，把聲音壓得十分低：「不成，不知道被布條紮住的是什麼人，一解開來，那人多半不知道是她們幹的好事，自然一口氣都出在我們的頭上，你可知道把人當作木乃伊，要判多少年徒刑？」

溫寶裕眨着眼，苦笑，一面扳着手指：「非法禁錮，至少五年，綁架，可以判無期徒刑，把人當作木乃伊，這算不算是虐待？」

胡說沒好氣：「總之，不能叫他看到我們，更不能在博物館把他解開來。」

溫寶裕連連點頭：「對，把他運到荒郊野外去，解開來之後，我們就一溜了之，諒他也見不到我們，雖然會聽到我們講話的聲音，也未必認得出來。」

胡說有點愁眉苦臉：「怕只怕他知道到過博物館，追查起來，不免會查到我的頭上。」

溫寶裕一翻眼：「給他來一個一概否認，又沒有別人可以幫他證明。」

兩個人商量着，都覺得把這個被良辰美景戲弄了的倒霉蛋，弄到人迹不到之處，再把他身上緊緊紮着的布條解開來，那是最好的辦法。

好在博物館這時沒有別人，胡說先去安排車子，博物館有幾輛客貨車可以調用，他弄到了一架。在胡說離開的時候，溫寶裕一個人在展覽廳中，在半明半暗的燈光下，他單獨面對着十具木乃伊，倒不會感到害怕，可是另外還有一具「活的木乃伊」，總不免令他的心中有點嘀咕，他好幾次走近去，想對之講幾句話，安慰幾句，表示立刻就可以釋放他，可是都忍住了不敢出口，只是伸手在他身上，輕拍了幾下。

他手拍上去的感覺，完全是拍在一個人的身上，他心中又不禁罵起良辰美景來，早知道她們會胡作非為到這種地步，也不和她們打賭了。

他又想到，她們兩個若是連這種事都敢做，那多半是不會怕毛毛蟲了，他想，應該去捉一大堆毒蛇來，諸如金腳帶、七步蛇之類。可是一想起毒蛇，溫寶裕自己心中也有點發毛，真不知如何才好。饒是他平時機智百出，這時也只好唉聲嘆氣，就差沒有捶胸頓足了。

他胡思亂想，時間倒也過得快，胡說回來，兩人合力將那「活的木乃伊」自玻璃櫃中搬出來，在搬動期間，「木乃伊」扭動不已。

扭動的力道且相當大，令得他們更是手忙腳亂，好不容易一個搬頭，一個搬腳，正要將之抬出展覽廳去時，胡說忽然低聲道：「小寶，這……裏面會不會是我們的熟人？」

溫寶裕苦笑了一下：「不……不會吧。」

胡說「嘓」地一聲，吞了一口口水：「要是她們惡作劇起來，把令堂弄了來——」

溫寶裕怒道：「放你……的屁，我母親——」他不由自主，伸了伸舌頭：

「再加兩個人，也不一定抬得動。」

胡説苦笑：「我不是故意得罪，實在是……她們想要有好的效果，就會捉弄我們的熟人。」

溫寶裕嘆了一聲：「這次打賭，不管輸贏，她們實在做得太過分了。」

胡説道：「是啊，不應該涉及旁人的。」

兩個人一面討論着，一面總算連拖帶抬，把那估計不會少於六十公斤，而且愈來愈重的「木乃伊」弄到了停車場，尚幸沒有別人看到，不然，他們那時，那副賊頭狗腦、慌裏慌張的樣子，準叫人一看就知道他們是在作奸犯科。

把「木乃伊」弄上車子，胡説喘着氣，問：「到哪裏去把他解開來？」

溫寶裕提了幾個地方，全都是荒郊野外，平時連白天也不會有什麼人去的地方，晚上更是肯定不會有人的，但全給胡説否定掉了。胡説道：「我看，陳家大屋的後面空地就不錯。」

陳家大屋的後面，是一大片山坡地，倒也渺無人煙，溫寶裕問：「為什麼？」

胡説苦笑：「這人……被紮了那麼久，可能……受了點傷，我們解開布條後，溜走，到屋子裏觀察他，如果他需要幫助，就可以馬上去幫助他。」

溫寶裕苦着臉：「好是好，怕只怕良辰美景會在陳家大屋看我們的笑話。」

胡説長嘆一聲：「反正狼狽到極了，也不在乎讓她們笑話什麼了。」

溫寶裕也只好效英雄末路之長太息，由胡説駕着車，每次在路上一見警察，兩人就禁不住身子發抖，臉青唇白。

我聽他們講到這裏，實在忍不住哈哈大笑了起來。

這兩個傢伙，狼狽到這種地步，也算是他們平時作為的報應吧——他們平時並沒有什麼壞的作為，但既然他們的作為和普通人不同，自然也要遭到一些普通人遭遇不到的遭遇才行。

而他們這時，害怕成這樣，那使我極度疑惑。因為想來，似乎沒有什麼可以令他們這樣害怕，莫非……那被布條紮着的，真是他們的熟人？真是小寶的……媽媽？

那真是難以想像的大災難了，我望着溫寶裕，想笑也笑不出來，而且也大有駭然的神色。

胡說忙道：「小寶，他想到……布條內包着什麼了？」

溫寶裕吞了一口口水：「不……不會吧。」

在這時，白素的聲音傳來：「你們繼續說，別理他，他也在想那被紮起來的，可能是——」

我忙向門口望去，白素不知是什麼時候出現在門口的，當我向她望去之際，她抿嘴一笑，不再說下去。我知道自己的心思被她料中了，也只好笑了一下。

白素道：「聽你們說得起勁，所以沒有打擾。」

胡說和溫寶裕兩人，一看到了她，有大大鬆了一口氣的神情，彷彿他們的問題，我還難以替他們解決一樣。

溫寶裕問：「你全聽到了？」

白素道：「一大半——」她忽然揚起手來：「我猜猜，那木乃伊，白布條下面裹着的，不是人。」

胡說和溫寶裕一聽，像是遭到了雷殛一樣，直跳了起來，張大了口，瞪着白素，出氣多，入氣少，一副就快「天不假年」的樣子。

我看得又是好氣，又是好笑：「你怎麼知道？」

白素道：「剛才你神情古怪，胡說叫着：『小寶，他知道布條裏包着什麼了。』他不說『包着什麼人』，而只說『包着什麼』。由此可知，他們解開布條之後，發現包着的，並不是人。」

我立時向面無人色的胡說和溫寶裕兩人望去，兩人失魂落魄的點着頭。

我不禁好奇心大起：「包着的是什麼，把你們兩個，嚇成那樣？」

兩人甚至上下兩排牙齒在打戰，異口同聲道：「不……不知道……是什麼。」

我剛想斥責他們：那像話嗎？他們一定已解開過白布了，卻說不知道是什麼包在白布下面。可是一轉念間，我想到，那一定是他們如此害怕的原因，所以心中也不禁怵然，不再出聲，等他們自己講下去。

第三部

白布下的東西

（或者可稱「白布條下的怪物」，以增懸疑）

胡說推了推溫寶裕，溫寶裕又推了推胡說，胡說道：「我有點口吃，不像你那樣伶牙俐齒，還是由你來說的好。」

溫寶裕苦笑，點了點頭，又咽着口水，搔着頭，咳嗽了幾下，看來是盡量在拖延時間，不敢把事情的經過，痛快說出來。

我看得他這種情狀，真是又好氣又好笑，道：「小寶，有一句老話，你聽說過沒有？」

溫寶裕道：「我知道，你一定想說，伸頭是一刀，縮頭也是一刀。」

我大聲道：「對了。」

這小子，又長嘆了一聲，才道：「車子開到了陳家大屋後面，在屋子門前還停了停，天色黑，我進去拿一隻電筒——」

電筒是在陳家大屋還未曾裝上電燈之前，溫寶裕和胡說探索屋子用的，十分強力，他拿了電筒再上車，胡說這時鎮定了許多，因為這一帶，可以說是他們的「勢力範圍」，不必怕被人發現了。

在略為鎮定了一些之後，他們反倒感到了相當程度的刺激，兩個人互相吹起牛來，胡説道：「哼，想把我們嚇倒，也不是容易的事，她們沒有在屋子裏？」

溫寶裕道：「誰知道，或許正躲在什麼角落看我們，哼，看到我們處變不驚，做事乾淨俐落，只怕她們心中也不得不佩服。」

兩人互相吹着牛，又想到良辰美景可能正在暗中窺伺，可不能把膽小狼狽的窩囊相落在她們的眼中，所以行動也格外精神。車子在屋子後面的山坡地停下，他們下了車，自車廂中把那「木乃伊」抬了出來。

在抬出來的時候，「木乃伊」又劇烈地掙扎了幾下。天色很黑，星月微光之下，白布有一種異樣的慘白色，看起來怪異得很。

兩人把「木乃伊」放到了草地上，溫寶裕自身邊取出了一柄鋒利的小摺刀來，打開，就劃開了「木乃伊」頭部的布條，胡説在一旁，用電筒照着。

胡説看溫寶裕從頭部劃起，忙道：「不好，這樣，會叫他看到我們。」

溫寶裕道：「那怎麼辦？先從腳解起？」

胡說想了一想：「我看，把裹住他雙手的布條全都割斷就可以了，餘下的布條，他雙手鬆了綁，自己會解開，我們也可以趁機離開。」

溫寶裕心想有理，就用小刀，去割應該是綁着雙臂的部分，他那柄隨身帶來的小刀，用途甚多，諸如挖掘植物標本、解剖隨手捉到的小動物或昆蟲，等等，平時一直保持着十分鋒利的狀態，這時要來割割布條，頗有點大材小用，布條一碰到刀鋒，自然摧枯拉朽也似，紛紛斷裂，溫寶裕隨手把斷布條拉開，胡說一直用電筒照着。

約莫不到十分鐘之後，胡說忽然低呼了一聲，聲音有點變調：「這個人……這個人……」

溫寶裕還在埋頭苦幹，一時之間，亦未曾覺出有什麼不對，還頗有點責怪胡說大驚小怪，轉過頭來，道：「這人怎麼啦？」

胡說的臉，隱在電筒光芒之後，看起來朦朦朧朧，就有點怪異，再加他的聲音也十分尖銳，聽來更叫人有陰風慘慘之感。他道：「這個人……好像根本沒有手臂。」

胡說這樣一叫，溫寶裕不禁陡然一怔，轉回頭去，看被割開了的布條，下面露出來的情形。一看之下，他也不禁呆住了，作聲不得。

他看到的情形，自然全是在電筒光芒照射之下顯示出來的，由於胡說的手把不住在發抖，所以光芒也搖擺不定，令他看到的景象，更增妖異的氣氛。

溫寶裕在一面割斷布條，又把割斷的布條拉開，看到了布條下那個「人」的身體之際，並沒有感到什麼特別，因為他看到的，的確是人的肌膚，他也沒有奇怪何以那個「人」沒有穿衣服，因為在潛意識之中，木乃伊的「衣服」應該就是白布條，白布條之下，就是皮膚，也是理所當然的事。

而這時，經胡說一提醒，溫寶裕再轉回頭來看時，卻覺得大大不對頭了。

他割開的布條已經相當多，露出來的地方也很多，那是在一個人的雙臂的生長的地方。也就是說，現在，應該可以看到那「人」的手臂了。

可是卻看不到手臂，看到的，只是皮膚。皮膚十分白，白得異樣，甚至有點膩的感覺，看來十分像是女性的皮膚，可是又不像，總之有一種說不出來的怪異，露出來的皮膚，像是微微顫動，還有一部分，應該是胸口部位，正在起伏着，像是在呼吸——正是這個動作，吸引了胡說的注意，感到這個木乃伊是活了的。

眼前所看到的是如此怪異，溫寶裕在一怔之下，恐懼感還未曾展佈全身之際，竟然還大起膽子，伸手向那白膩的皮膚上，去捺了一下。

他手指所捺下去處，十分柔軟，柔軟得出乎意料之外，總之，決不曾有什麼人的皮肉，會這樣柔軟就是，所以，在他的手指所捺處，立時出現了一個凹痕。但是那白膩的皮肉，卻又十分富於彈性，被捺出來的凹痕，一下子就恢復了原狀，而且還出現了一個小小的紅印。

溫寶裕這時才知道害怕，怪叫了一聲，站起身來，卻又站不穩，在後跌之際，撞在胡說的身上，兩人在草叢中，滾作了一團，掙扎了一會，才站起身來，胡說急問道：「那……那是什麼？」

溫寶裕道：「不……不知道。」

胡說一面拾起電筒來，一面道：「像話嗎？你離得近，又摸過，是什麼都不知道。」

溫寶裕又驚又急：「真不知道，你也不是離得遠，也可以去看去摸。」

胡說手中拿着電筒，可是連射向那「木乃伊」也有點不敢，他道：「至少……看起來像什麼？」

溫寶裕聲音乾澀：「像是……一大堆肉……一大堆活的肉……」

胡說起了一陣想嘔吐的感覺，埋怨着：「你不能用好聽一點的形容詞。」

溫寶裕嘆着氣：「你去看看，看可有什麼優美的形容詞可以形容那一堆……活的肉。」

胡說深深地吸了一口氣，鼓足了勇氣，把電筒光芒，射向目標——那時，他們離目標，約有三公尺左右的距離，電筒光一射上去，目標對強烈的光線有反應，在光照之下，又扭動起來。

這一扭動，令得斷裂的布條，又散開來不少。那……東西（不能稱之為「木乃伊」了，也不能稱之為人，只好稱之為「那東西」）沒有翻身的能力，看來只有扭動的能力，當布條散落多時，可以看到它的部分自然也更加多了（由於稱這為「那東西」，所以代名詞方面，也只好用了「它」。本來，那東西會扭動，自然是活的，有生命的，那至少該用「牠」字。可是，又實在不知道那東西是什麼東西，所以還是用了「它」字）。

這時，能看到的部分，就原來木乃伊的人體形狀而言，是自頸而下，差不多直到腰際的部分。

也就是說，如果那是一個人的話，這時，應該看到人的胸脯、雙肩、雙臂、雙手等等的部分。

可是，那東西顯然不是人，它在扭動着，在扭動的時候，白膩柔軟的皮肉在顫動，看起來，有點像是一大堆果凍，可是又略為厚一點，在「胸口」部分，起伏不定，可是整個肩頭上，並沒有手臂，連生長有手臂的痕迹都看不到。連手臂都沒有，自然更沒有雙手了！

要是連手臂都沒有，那自然不是人了，可是，在胸口部分，在白膩的肌膚上，卻又有着明顯的乳頭，屬於男性的乳頭。

這樣的一截，露在布條之外，還不時扭動一下，有時扭動劇烈，有時只是略動一動，看得人又想嘔吐，又是駭異，都像是喉嚨裏被塞進了什麼東西一樣，叫也叫不出，吐也吐不出。

溫寶裕更像是下午他所捉的那一大盒毛蟲，全都順着他的喉嚨爬進了他的喉管一樣，在喉際發出了一陣怪異莫名的聲音來。

胡說的情形也好不了多少，兩個人雙眼發直，過了好一會，溫寶裕才道：「你的形容詞好聽點，告訴我……那是什麼。」

胡說苦笑：「你的也不難聽，其實每一個人都是……一堆活的肉。」

溫寶裕雙眼眨動了幾下：「會不會是一種十分像人皮膚的軟塑膠，裏面裝了馬達，或者是可以遙控的，所以會動，要來嚇我們？」

胡說呆了一呆：「說得有理。」

兩人找到了一個可能，膽子自然又大了起來，各自打了一個哈哈，向那東西走近去，每接近一點，就愈是覺得剛才的假設，難以成立，等到來了面前，兩個人都不禁嘆了一口氣。

那實在不可能是「給人以皮膚感覺的軟塑膠」。因為在強力的電筒光芒下，可以看得十分清楚，皮膚上有毛孔，甚至有汗毛。細細的，密密的，就像人皮膚上的汗毛一樣，是一種和它的皮膚同樣白色的汗毛。

兩人站定，又各自吞嚥着口水。

過了好一會，胡說才道：「這樣，總不是辦法，看看……這東西的頭部……是怎麼樣的。」

溫寶裕忙將手中的小刀，向胡說的手中塞，胡說義不容辭地接了過來，瞪了溫寶裕一眼，溫寶裕知道胡說的意思，忙道：「我不是膽小，只是這東西……看起來實在令人……噁心，我最怕……這種軟綿綿，連固定的形狀也沒有，像是隨時可以化成一灘漿的東西——」

胡說喝道：「住口，不必形容得那麼詳盡。」

溫寶裕形容出來的東西，幾乎沒有一個人會喜歡的，胡說喝了一句之後，忽然又道：「小寶，這個人，會不會是一個無臂人？」

溫寶裕的常識十分豐富，他一聽得胡說提及「無臂人」，就知道他是指什麼而言。六十年代，美國一家藥廠，出品了一種專供孕婦取食的鎮靜劑，這種藥物，影響了胎兒的發育，使得胎兒嚴重畸形，其中大多胎兒生下來就完全沒有上肢（手臂），也有的沒有下肢，那是當時極其轟動的大新聞。這些嚴重畸形，沒有上肢或是沒有下肢的嬰兒，大都在特殊的照顧下長大，一般稱之為無臂人。

胡說所說的無臂人，自然就是指這一種畸形人而言，這個「人」顯然沒有手臂——如果他是人的話，那也只能是無臂人了。

溫寶裕苦笑：「如果是無臂人，她們兩姐妹也未免太無良了，怎麼能拿一個殘廢人來開玩笑？這真是……太過分了。」

胡說嘆了一聲，作了一個手勢，示意溫寶裕把電筒光對準一些，他把刀尖塞進了布條之中，一下又一下地向上割着，不一會，就自頸到頭額，把布條全都割裂了，他吸了一口氣，把刀在草地上一插，雙手去把割裂了的布條拉開來。

布條拉開來的時候，電筒光芒恰好照在那東西的「頸部」——或者說，應該是那東西的頭部，因為整個形體看起來像一個人的形狀，那麼，一端的一個突出略似球形的部分，自然是應該是頭部了。

在那一剎那間，如果一旁還有其他人的話，一定會被胡說和溫寶裕的慘叫聲嚇得魂飛魄散，自然，發出這種慘叫聲的人本身，自然更是魂飛魄散了。

當布條被撥開，那東西的「頭部」顯露出來之際，胡說和溫寶裕兩人見到的不知是什麼東西，總之，那決不是人的頭部就是了。

形狀倒有點像，可是那凸出部分和身體的聯結處，並沒有「脖子」這一部分，而是在一個寬闊的部分上，突然變得狹窄，又有一個球狀物體，一樣的白膩和看來柔軟，還有幾道皺摺紋，看不出是什麼作用。

最要命的是，那幾道摺紋還在蠕蠕地動着，其中有一道之中，似乎還有一些看來黏乎乎、半透明的黏液，正在分泌出來。

自然，沒有「頭髮」，在光禿的頂部，有着幾個淡肉紅色的圓形凹狀的東西，看來像是用什麼挖去了一塊肉，又沒有流血，又像是幾個大瘡，才長了新肉出來一樣，更要命的是，那些似圓孔又不似圓孔狀的東西，也在蠕動着，一樣有那種黏乎乎的液體在滲出來。

整個形象之可怖，直叫人頭皮發麻、手腳發顫、心頭發冷、口舌發乾，他們兩人沒有立時昏過去，還能發出慘叫聲來，那算是十分堅強的了。

我聽得溫寶裕講到這裏，也不由自主，打了一個寒戰，雖然我未曾見到「那東西」，可是單聽聽形容，也已經夠噁心的了。

我向白素望去，白素也皺着眉，大抵世上不會有什麼人聽到有一種東西是這樣子的，還會心情開朗的了。我吸了一口氣：「那究竟是什麼啊？」

溫寶裕和胡説兩人齊聲：「不知道，不知道是什麼。」

我道：「那東西是活的，是不是？」

胡説道：「我……我不知道它……是不是活的，可是它……會動……扭動……和另外一些難以形容的小動作。」

溫寶裕道：「難道説會動的東西不一定是活的，機器人也會動，就不是活的，不過……那東西，是活的，我可以肯定，其實胡説也能肯定，只不過他不願意承認而已。」

胡説苦笑着：「它的樣子……太可怕……太令人噁心了，實在——」我道：「它如果是活的，那只不過是形狀比較特異的生物，樣子再怪的生物我們也見過，在南極的冰層中，那些生物的形狀之怪，有超乎想像之外的，小寶，那時你也沒怕成這樣。」

溫寶裕吞嚥着口水，他又想伸手去抓酒瓶，被我先一着把瓶搶了過來，不讓他喝，他苦着臉：「那……不同，一來，它是活的，二來，它的樣子難以形容的令人噁心，軟綿綿的一堆……肉，不知道是什麼妖異。」

我自然可以想像得出，根據他們的形容，那東西的尊容，絕不會令人看了愉快的就是。我「哼」了一聲：「你們一驚之下，就逃到我這裏來了，是不是？」

兩人一起吸了一口氣，挺了挺胸，雖然臉色青白，可是在一挺胸之間，倒也頗具英雄氣概。

溫寶裕道：「那倒不至於，一來，那東西是活的，我們不能將之拋在荒山野嶺，二來，它究竟是什麼，我們至少要弄清楚一下，它樣子雖然惡形惡狀，可是良辰美景敢把它包紮起來，我們膽子不如她們大，總也不能相去得太遠了。」

白素笑道：「說得也是。」

溫寶裕吁了一口氣，胡說也吁了一口氣。

當時，他們在那東西面前，佇立了多久，他們自己也說不上來。那東西絕不好看，殆無疑問，可是他們的視線卻無法移開去。由於那東西——那麼醜惡的形體，體型又和人有若干相似之處，絕不知道它是什麼，可是那又分明是一個活的東西。在它令人噁心的扭動中，使人感到了生命的混沌和曖昧，有一種說不出來的膠黏的力量，使人所能產生的不愉快的感覺，達到頂點。

而那種不愉快的感覺，又似乎有着一股妖異的力量，能把人的視線，吸引在那個醜惡之極的形體上，移不開去。

過了好久，他們兩個才不由自主喘着氣。互望了一眼，他們也不說什麼，心意全是一樣的，那不知名的東西，雖然可怕之極，但是良辰美景既然敢把它包紮起來，搬來搬去，自己也不能和她們差得太遠。

所以，他們脫下了身上的衣服來，把那東西，勉強包了起來——他們實實在在沒有勇氣，使自己的身體，和那東西那種軟軟的、滑膩的、像是一碰就會破裂的身子，作直接的接觸。

就算用衣服包住了那東西，當他們把那東西抬着上車子時，仍然禁不住全身冒冷汗，還好那東西並不像想像中那麼軟，可以一個抬「頭」，一個抬

「腳」，像它在「木乃伊」狀態時一樣，將之弄到了車上。

他們一面抹着汗，一面喘着氣，互問：「怎麼辦？」

溫寶裕用力一跺腳：「弄回陳家老屋去，先放在左翼的地窖，她們一來就一定會看到，知道我們並沒有被她們嚇倒。」

胡說表示同意。陳家大屋的左翼的地窖，就是曾停放了許多靈柩的地方，靈柩全已搬空，空間十分大，但仍有一份陰森之感，他們兩人平時也不常去，但是良辰美景卻特別喜歡，因為那處空間大，幾乎是一個室內的運動場。她們兩人輕功高超，「飛」來「飛」去，需要相當大的空間供她們活動，才不會有被束縛的感覺。

所以，那地窖是她們不來則已，一來一定要到的一處所在。

胡說坐上了車子的駕駛座之後，手還在發抖，以致他一會才能發動了車子，在他還未曾開動車子之前，他忽然道：「那……東西的下半截的布條，還沒有……解開，不知道是什麼樣的。」

溫寶裕吞了一口口水：「誰知道，那……東西沒頭沒腦……有什麼上半截下半截。」

胡說苦笑了一下：「那是什麼東西的生物？是『海牛』的胎兒？」

溫寶裕跟着苦笑：「你是學生物的，都不知道，我怎麼知道。」兩人的心中，其實都不想說話，可是不說些什麼，心中又空洞洞地感到說不出來的難過，所以盡量找些話來說着。

不一會，車子到了陳家大屋門口，對他們兩人來說，把那不知名的活物，搬到那地窖中去，又是一次痛苦驚駭無比的經歷。

他們忍受程度，幾乎已到了極限，以至一把那東西搬進了地窖，抓起了裹在那東西身上的衣服，連再向那東西看多一眼的勇氣都沒有，掉頭就跑，奔出了屋子，兩人才異口同聲叫了出來：「找衛斯理去。」

第四部

不知道是什麼東西

（在寫這個標題時，真的還不知道那是什麼東西，並非故意賣弄懸疑）

他們一面叫，一面就駕着那輛博物館的車子，直駛到我這裏來，一路上，愈是想到那個不知名的活物，愈是心驚肉跳，所以一進來的時候，才樣子那麼難看。此際，把一切全都講了出來之後，神情緩和了好多，可是仍然臉色蒼白，可知那東西給他們兩人的震撼，實在非同等閒。

我和白素互望了一眼，互相用眼色詢問了一下：「會是什麼？」

白素道：「要去看過再說。」

我站了起來，再要去看一看那不知名的活物究竟是什麼是免不了的了，我性子急，早一點去，比遲一點去好。一面站起來，一面問：「你們始終未曾解開另外一半布條，看個究竟？」兩人面有慚色，溫寶裕道：「那東西……不是十分好看，所以……所以……」

我「哼」地一聲：「用X光儀透視靈柩的勇氣上哪裏去？」

這樣說了一句之後，我立時想起了來：「那具X光儀，不是正在那地窖之中麼？真不知道那是什麼，用X光照上一照，總可以有些線索。」

這個提議，令得他們大感興趣，人也比較活潑了些，連連叫好，我們一起出了門，白素的興致也相當高，溫寶裕要求：「我們一起乘胡說的車子去吧，人多點在一起，總……好一點。」

我和白素，都感到一定程度的訝異，小寶平日何等唯恐天下不亂，就算是真的木乃伊復活了，他只怕也有大戰木乃伊的勇氣，又何至於這樣膽怯？

溫寶裕看出了我們的心意，嘆了一聲：「那東西……你們看到了就會知道，實在有一種令人不寒而慄的怪異，説不出講不出的令人心寒。」

他説得十分誠懇，並沒有渾充自己是英雄，這一點很令人感動，我拍了拍他的肩頭：「事情的確很怪異，我們……就算弄不清楚那是什麼東西，良辰美景總會出現的，問她們總可以有答案的。」

溫寶裕嘆了一聲：「真要問她們，那是輸到家了。」

我笑了起來，他還記掛着打賭，我又向胡説看去，胡説忙道：「我還可以開車。」

我們一起上了車，直向陳家大屋駛去，一路上，自然各抒己見，討論那東西究竟是什麼，我和白素，由於還未曾見過那東西。所以能發表的意見不多，胡説專心駕車，倒是溫寶裕説的話最多，可是他又有點驚恐過度，語無倫次，説的全是一些自己嚇自己的胡言亂語，自然也沒有什麼人去理他。

等到車子駛進山坳口，可以看到陳家大屋屋頂之際。溫寶裕更是緊張起來，突然道：「那東西會不會突然跑脱了？若是它在城市中亂轉，我看全市的心臟病醫生，全可以改行了。」

溫寶裕説話，常有匪夷所思之處，令人難以明白，這句話就有點不知所云，我懶得理他。胡説問了一句：「為什麼？」

溫寶裕卻一本正經道：「生心臟病的人，一見了那東西，保證會嚇死，病人全死了，醫生還不改行麼？」

我和白素相視而笑，車子也在這時，轉過了山角，可以看到陳家大屋的正面了，只見月明星稀，兩條紅色的人影，箭也似疾，自陳家大屋之中，直撲了出來，來勢快絕，車子的去勢也不慢，雙方眼看迎面接近，快撞在一起了，胡說大叫：「讓開。」他一面叫，一面用力踩煞車掣，車身劇烈震動起來，那兩條紅影，眼看快撞在車前，陡然之間，拔身而起，一閃就不見了。

我忙對白素道：「良辰美景。」

白素還未曾見過她們，我唯恐白素一時不察，把她們兩人當成了什麼妖孽，但白素一點也沒有大驚小怪，只是淡然一笑：「真好身手。」

這時，胡說已好不容易停下了車，車身上立時傳來乒乓的敲打聲，同時，兩個少女的嬌叱聲，像聯珠炮一樣地傳了過來，聲音又急又驚：「兩個小鬼，快滾下來，你們幹了什麼事，太過分了。」

我和白素相顧駭然，還未及有反應間，溫寶裕已先拉開了車門，人還沒有下車，就先把頭探出去，也罵着：「你們才太過分了。」

他一面說着，一面已跳了下去，胡說也有點童心未泯，也立時下車，去為溫寶裕打氣助陣。我也想下車，卻被白素輕輕拉了一拉，示意我暫時不要下車。我們在車上，可以看得很清楚。只見良辰美景這一對雙生女，圓鼓鼓的臉，漲得通紅，神情既驚且怒，她們的眼睛本來就大，這時更是睜得滾圓，樣子十分可愛，急咻咻地講着話，頰上的酒渦，時隱時現，益增俏媚。

她們齊聲說着話，音調、神情、吐字，無不相同，看起來，就像是一個人身邊有一面鏡子一樣，有趣之極，溫寶裕挺着身，站在她們的面前，可憐，溫寶裕平日，可算是伶牙俐齒，能說會道之極的了，可是在她們面前，卻硬是好幾次開口，都找不到插進話去的機會。

只聽得她們在不斷地數落：「你們也太過分了，好了，算是我們輸了，我們害怕，可是不相信你們會不害怕，一定有人幫你們的忙。你們不要臉，去找人幫忙，贏了也不光采，講好了不能請人幫忙的，哼哼——」

她們的冷笑聲，是分一先一後發出來的，各人冷笑了一聲，聽起來有接連冷笑兩聲的效果，十分異特：「你們違反了承諾，這是江湖上下三濫的行徑，我們輸也輸得不服——」

溫寶裕臉漲得通紅，直到這時，才找到了機會，大喝了一聲：「有完沒完，你們在講些什麼東西，亂七八糟，語無倫次，在那怪屋裏關久了，不該讓你們這種人在文明社會亂闖，該建議把你們關在博物館裏去。」

小寶的話，流於人身攻擊了，我一想他準得糟糕，同時，我也感到，他們雙方之間，似乎有着明顯的誤會，而誤會就是由那個不知名的活物而起的。

我正想出聲制止溫寶裕，良辰美景已斥道：「小鬼頭口裏不乾不淨地說什麼！」

一聲嬌斥未畢，她們兩人，揚起手來，就要向小寶打去，她們的手十分豐腴，手背上還有着深深的指渦，看來只覺有趣，不覺她們兇蠻。

小寶也沒有躲，胡說在這時，一步跨過，擱在小寶的面前，大喝一聲：「且慢。」

良辰美景收住了勢子，胡說疾聲道：「講好了我們要教你們習慣文明社會，文明社會第一條，就是絕不作興動不動就出手打人。」

良辰美景雖然在十分激動的情形之下，可是一聽得胡說這樣說，居然立時改變了態度，垂下手來，只是口中還在說：「這小鬼，口裏太傷人了。」

我又和白素互望了一眼，白素喜歡良辰美景的神情，已經難於掩飾，她一向不是那樣的，可是她真是從心裏喜歡這一對雙生女，她一面笑着，一面推門下車，柔聲道：「一般來說，文明社會裏的淑女，也不是很隨便叫人小鬼的，雖然這小鬼的話是可惡了些。」

她一出現，良辰美景立時向她望了過來，兩人先是一呆，然後現出訝異無比的神情來，再是互望了一眼，顯然是利用她們可以互通的心意，在交換着互相心中對白素的印象，而意見交換的結果，是對白素印象極好，她們竟同時身形一閃，向白素掠了過來。

一直到了白素的身前，她們竟然十分熟絡地拉住了白素的手，一邊一個。

（她們聰明絕頂，自然一眼就猜着了白素的身分。）

接着，她們一起撒起嬌來：「我們隨便打了一個賭，他們欺負人。」

我也下了車，笑：「說話要公道，他們怎麼欺負了人？他們被你們嚇了個半死。」

良辰美景一起笑了起來，同時做鬼臉，笑得十分歡暢：「衛叔叔，早知道是你，他們兩個……一定會來找你幫忙，所以，我們一看就知道這是白姐姐，也只有白姐姐，才配那樣好看。」

我「嘖嘖」連聲：「聽聽，文明社會最重要的一環，她們早已學會了，我是叔叔，她是姐姐，真是。」

良辰美景「格格」笑着，緊靠着白素，白素也一副心滿意足的樣子，很少見她高興得如此喜形於色，實在，這兩個少女，真是惹人喜愛。

她們一面笑，一面又做了怪臉，問我：「那是什麼東西，是你弄來的？真是佩服，從哪兒……從哪個星球弄了這麼可怕的怪東西來。」

我還沒有回答，胡說和溫寶裕兩人已聯珠炮般叫了起來：「喂喂喂，你們在說什麼，什麼怪東西？」

四個年輕人在一起，互相爭執着，簡直有千軍萬馬，驚天動地之勢，熱鬧無比。

良辰美景齊聲道：「地窖裏那東西，人不像人，蛆不像蛆，活不像活，死不像死，一看就叫人想吐，可怕到那樣的東西。」

溫寶裕和胡說一聽，張大了口作聲不得。我早知道他們之間有誤會在，現在更證實了，但我還是問一句：「那……東西不是你們弄來嚇他們的？」

良辰美景一起誇張地尖叫了起來：「我們？剛才我們看到了那東西，不小心還伸手按了它一下，現在還想把自己的手指剁掉算了。那麼令人噁心的東西，只有他們這種人才會弄來。」

我笑着：「剛才你們還說是我弄來的。」

兩人知道自己說溜了口，可是她們也不改正，只是不斷笑着，在白素的身邊亂推亂揉。

我感到事態有點嚴重，良辰美景沒有理由不承認——如果事情是她們做的的話，她們應該得意萬狀才是。而且剛才看她們竄出來的樣子，分明也是受驚過度，落荒而逃的情狀。

可知那個不知名的活物，不關她們的事，她們還一心以為那是胡說和溫寶裕弄來嚇她們的。

這，就來了一個嚴重的問題：是誰將這樣一個人見人怕的怪東西，包紮成了木乃伊，弄到了展覽館的玻璃櫃子中去的呢？

我那時，並沒有機會向任何人問出這個問題來，因為四個年輕人又立時嘰嘰呱呱吵了起來，在他們像機關槍一樣的爭吵中，他們也弄清了事實，所以，一起住口，向我和白素望來。

我道：「我還沒見過那東西是什麼模樣的，先去看看，怎樣？」

良辰美景面有難色，顯然她們仍然心有餘悸，但白素道：「我也想去看看。」

兩人立時道：「那我們也去。」

總算六個人中沒有異議的了，我們就走進了陳家大屋，一進屋子，溫寶裕就不斷開亮電燈，一面開燈，一面口中還在咕咕噥噥：「這屋中有鬼，多開點燈，總有點好處，哼哼，不怕你妖魔鬼怪。」

良辰美景笑問白素：「你聽他，多有出息。」

白素被他們逗得不住笑着，進屋不久，我就發現，一個時候不見，屋中的情形改了不少。本來，自右翼通向左翼，只有到了五樓，才有通道通過去的，但現在，就在大堂部分，就打開了一道月洞門。

溫寶裕和胡説，倒也不是亂來的，那道月洞門打得十分雅緻精美，還弄了一副對聯來掛在兩旁，門上也有橫匾，中規中矩。

穿過了月洞門，就是左翼的大堂，所以要到左翼的地窖去，方便得多了。

在進入地窖之前，溫寶裕他們的腳步，都有些踟躕，我想起了那一次和溫寶裕夜探，在這地窖中。溫寶裕看到了許多棺木，發出了慘叫聲，幾乎連跌帶爬衝出來的情形，不禁笑了起來：「年輕人，拿點勇氣出來。」

他們四個人齊聲道：「我們不是怕，只是那東西，實在太難看……太惡形惡狀。」

我一面向下走去，一面道：「不管它多難看，總得先弄清楚它是什麼，再弄清楚誰令它出現。」

我向下走着，溫寶裕緊貼着我，地窖中亮着燈，顯然是剛才良辰美景心急慌忙，衝出來之際，忘記關燈了。所以，我還未曾走完梯級，就在燈火通明的情形之下，看到那東西了。

雖然我已在胡說和溫寶裕的形容中，在良辰美景害怕的神情下。知道這東西，絕不會給人愉快的觀感，可是一眼看見了它，還是陡然打了一個突，不由自主，倒抽了一口涼氣。

那是什麼東西，簡直無以名之。

單是那種像是剝了皮，新肉一樣的顏色，看了已不禁令人起肉𤺥子，而且，它的形狀，乍一看，是有點像人（正由於這個原因，所以包紮起來，可以看起來像是木乃伊）。

當我看到它的時候，它正在不斷扭動着。扭動時，看來有點笨拙，可是又很堅決。在扭動之際，全身好像都是軟軟的一堆。它約莫有一百八十公分長（由於它躺在地上，所以只能說「長」，不能說「高」），它的「頭」部，除了有皺摺之外，還有些孔洞，孔洞邊緣的皮膚層比較厚（如果那是皮膚層的話），正在作不規則的運動，有一些黏液狀的東西分泌出來。

它可能已扭動了相當久，所以另外一半布條，也已鬆脱了不少，幾乎是全身顯露出來了，它當然沒有兩腳，只是「下半身」比較尖削，扭動得也比上半身為劇烈。

整個形體，看來就像是一條放大了幾千倍的蛆蟲，不，不是蛆蟲，是一隻放大了幾千倍的不知道是什麼昆蟲的蛹，而且這種蛹，一定還是長埋在地下，接觸不到陽光，所以才會有這種慘兮兮的淡血紅色。

它實在無頭無腦，不知所云，一塌糊塗，看了一眼之後，誰也不想看第二眼，但是由於它實在太難看，視線卻又不容易離開。

我在呆了一呆之後，也不禁低呼：「天，這算是什麼東西，是生物？」白素的聲音比較鎮定：「當然是生物，它在動，不過照它的形狀來看，它的體積不應該那麼大……它大了好幾百倍。」我吸了一口氣——實在有點不是很敢吸氣，因為那東西「頭部」的幾個孔洞的動作。看來像是在「呼吸」，誰知這東西呼出來的是什麼氣體，我如果吸氣，豈不是無可避免的要吸進去？

我道：「如果體積小些，你以為它……是什麼？」

白素道：「我會以為它是……一隻白蟻的蟻后。」

我呆了一呆，白素的形容，雖然不是維妙維肖，倒也恰到好處。白蟻的蟻后不是很容易有目擊的機會，但在一些科學性的紀錄片中，可以看到，就是這樣沒頭沒腦、軟綿綿、爛塌塌的不知所云的一團。

良辰美景在低聲問：「白蟻的蟻后是什麼樣的？」

胡說沒好氣：「就像那東西。不過小很多。」

我在一看到那東西之後，就停了下來，直到這時，我才向下走去，到了那東西身邊。一到那東西身邊，我遮住了一點燈光，那東西就停止了扭動，我心中一動，站開了一些，燈光一照到那東西的「頭部」，它又扭動了起來，我忙道：「看，它對光亮有反應。」

幾個人都站了過來，遮住燈光的部分更多，它果然完全安靜了下來，只有「胸部」在微微起伏。

我又道：「它在呼吸。」

那種看起來明顯是呼吸的動作，簡直和人的呼吸動作一樣。

良辰美景因為人多，也沒有那麼害怕了，齊聲向着我，道：「這……就是常說的外星人？」

我遲疑了一下：「難說得很，至少，它如果是地球生物的話，我們都沒有見過，甚至也都不知道有這樣的一種生物存在。」

良辰美景一起吐了吐舌頭，眼珠骨碌碌地轉着，現出一片駭異的神色來。

她們又一起向胡說和溫寶裕望去，現出了不信任之色，溫胡二人一接觸到她們的眼神，兩人立時伸出三隻手指來向上，作對天發誓狀。

我在一旁，雖然給眼前那東西所吸引，但是他們的那些小動作，我還是看見了的，看得我心中暗暗好笑，他們剛才還吵得如此激烈，可是一下子又沒事了，這大抵是年輕人和成年人的不同之處。

而且，照情形看來，他們之間，已十分熟絡，剛才的「眉來眼去」，分明是良辰美景還不相信那東西的出現不是兩個男孩子搗的鬼，但兩個男孩子卻在她們一望之下，立時表示，真的不關他們事。

我注意到那東西的呼吸，十分緩慢，緩慢到了不合理的程度——所謂不合理的程度，自然是以它身體的大小來估計，它彷彿並不需要太多的空氣，但是卻又需要呼吸。需要呼吸，是地球生物的特徵，凡在地球上生長發展的生物，不管是動物也好，植物也好，都需要呼吸。

（所以，一切幻想中的外星生物，也都被幻想家照地球生物的特徵來擬定生活方式，似乎也非呼吸不可，其實不一定，外星生物之中，可能有根本不需呼吸而生存的。）

照它呼吸那樣緩慢的情形來看，這東西有點像是處於冬眠狀態之中——一想到這一點，我心中陡然一動，發出了「啊」地一聲低呼。

在那時，我身邊的白素，也低聲「嗯」了一聲，我知道我們一定是同時想到了同一件事。

果然，接下來，我們的動作也是一樣的：一起伸出手來，在那東西的「肩頭」部分，按了一下。

那東西看起來，給人的感覺十分軟，像是一團濕麵粉一樣，可是實際上，並不像看上去那樣軟——真要是像一團太濕的麵粉，胡說和溫寶裕兩人，也沒有法子將它搬來搬去了。

手按上去，它的表面會下陷，可是那感覺，比按在人的皮膚上，還要硬一些，好像這東西的外面，有一層相當厚的硬殼。

我和白素又對望了一眼，她作了一個讓我先說的手勢，我立時道：

「這……東西，看來像是一隻蛹。」

白素也立時「嗯」了一聲，表示同意，並且鼓勵我再說下去。

說那東西像一隻蛹，那是一種很富想像力的大膽假設，因為事實上，不可能有那麼大的蛹。蛹是昆蟲生活過程中才有的一個階段，而昆蟲由於神經系統和骨骼有着緊密的關係，所以在地球的生活環境之中，體積無法超越現在一般的平均大小。

如果這東西是一個「蛹」，那麼，在它脫離了「蛹」的階段，變成蟲之後，那昆蟲豈不是可以和人差不多大小？

雖然在幻想小說和幻想電影之中，常可以見和人一樣大的甲蟲，甚至比坦克車還厲害的螞蟻——螞蟻如果和坦克車一樣大小，那真是威力無比——但真要叫人承認那麼大的一個東西是某種昆蟲的「蛹」，即使是什麼變異形成的「蛹」，也是一種大膽的假設。

而我的假設，這時顯然又得到了白素的同意，所以我又提出了假設的根據來：「它對光線有十分敏鋭的反應，光線強烈，會令它不安，它會扭動身子，當光射不到它身上，它會平靜下來，這正是一般蛹的特性。」

胡説是生物學家，而且對昆蟲有相當程度的研究，他也接受了這個看法，他道：「是，它扭動的方式，它呼吸的緩慢，看起來，都像是一隻放大了上千倍的蛹。」

溫寶裕在這時，已和良辰美景合作，把陳長青的那具X光儀，推移過來，他一面接駁着電線，一面用並非十分恭敬的語氣，還故意壓低了聲音在説着：「真是，那是八十年前，默片時代的幻想力，一個大蛹，出來個一隻大昆蟲，闖進了城市，最好擄走了一個美人。」

他説到這裏，指着良辰美景，哈哈大笑起來。

他一面説，一面還作了一個用刀將之剖開來的手勢，不知道為了什麼，忽然各人心中都有了一種駭然之感，一時之間，人人都靜了下來。

過了一會，是良辰美景先開口，她們的聲音有點怯生生：「這……怕不好吧，要是弄死了它，那豈不是……豈不是……」

那東西究竟是什麼，也沒有人知道，要是弄死了它，會有什麼後果，當然也說不上來，所以她們也無法再向下說去。

溫寶裕明知自己的提議太魯莽，可是還是道：「這東西，不知是何方妖孽，弄死就算了，可以做標本，繼續研究，何必顧忌。」

良辰美景一面笑着，一面道：「連你這樣的小妖，尚且活下來了，沒有什麼不能活的。」

我吸了一口氣：「別吵，我看，這東西……這……生物一定要交給設備齊全的研究所去研究，我們再一面調查它是從哪裏來的——」

我說着，向胡說望去，胡說十分肯定地道：「決不是從埃及運來的，我打開大箱子的時候，只有十具木乃伊，後來中午出去了，就多出了一具來。」

我「嗯」了一聲：「很怪，為什麼弄到博物館去，冒充木乃伊呢？這人的身手，應該十分高超，找到這個人，自然可以知道這東西的來龍去脈了。」

白素沉聲道：「一家設備齊全的醫院，應該可以對這生物作極詳盡的檢查。」

我用力一揚手：「對，原醫生，和原振俠醫生聯絡一下，請他主持，是最適當的人選了。」

溫寶裕對那位充滿了傳奇的原振俠醫生，聞名已久，卻還未曾見過，聞言大樂，手舞足蹈：「告訴我他電話號碼，我就去打電話給他。」

白素笑：「小寶，現在是什麼時分，你不怕給他把你罵一頓?」

溫寶裕道：「不怕，我說是奉衛斯理之命，他一定不會怪我。」

我看溫寶裕這樣起勁，也就無可無不可，把電話號碼告訴了他，溫寶裕一溜煙衝了出去，到左翼的大堂中去打電話了。

胡說則大着膽子，咬着牙，將那東西翻轉了一下，再用X光透視它體內的組織，我們都特別注重於它那翼狀骨骼的結構。

胡說一面看，一面以他的專業知識發表意見：「這一對翼，照骨骼的長度來看，應該十分巨大，如果全伸展開來，面積……至少有六平方公尺。不過……不過它的骨骼十分纖細，怎足以支持那麼大的面積？」

我也注意到了，這時看來束成一束的「翼」的「骨骼」，十分之細，比指頭還要細，雖然數量甚多，可是樣子十分異特。

我想了一想，道：「由於它體積十分大，所以我們一看到有翼狀物，所想到的翼，一定是鳥類的翼，或蝙蝠的翼，都是十分巨大重厚的，可是實際上，有些生物的翼，是十分輕盈薄弱的，甚至薄到透明，像蜻蜓的翼，大多數昆蟲的翼……」

胡說搖頭：「那種脆薄的翼，在空氣力學的理論上來說，無法把那麼龐大的一個身軀，帶上空中去。」

我又道：「那也難說得很，根本那部分，是不是翼，也不能肯定——」

正說着，溫寶裕已經奔了回來，大聲報告：「原醫生不在，錄音留話，說是到南中國海，去尋找愛神去了。」

我和白素互望着，不知道這位古怪俊俏的醫生又在玩什麼花樣，什麼叫「尋找愛神」？

他不在，多少有點令人失望，可是溫寶裕又道：「有一位醫生，住在原醫生處，我和他簡單講了一下情形，他說，他可以負責安排醫院方面進行全面檢查，立刻就到。」

我聽了，就覺得不是十分妥當：「小寶，這東西十分可怖，又來歷不明，少點人知道的好，你怎麼對人隨便就提起它來？」

溫寶裕眨着眼：「我想……總要一家醫院幫忙的，而且他能住在原醫生那裏，自然是原醫生的好朋友。」

我沒有再說什麼，白素問：「那位醫生叫什麼名字，你可曾問了？」

溫寶裕點頭：「有，他說他叫班登，班登醫生，聽名字像是洋人，可是講得一口好中國話。」

我一聽，就不禁打了一個突，世界真是太小了。

班登，這個在我心中把他當作是一個怪人的傢伙，竟然會住在原振俠的家裏。而我還曾請白素去打探一下他的來歷，現在看來，只要有機會見到原振俠時，問他一下就可以了。

白素也現出有點意外的神色來。

溫寶裕也看出苗頭來了，他道：「怎麼，你們認識那位班登醫生？」

我笑了起來：「見過一次，他據說改了行，作了歷史學家，原來還在當醫生，他說他會來？」

溫寶裕點頭：「是，他會駕車來，立即把我們要研究的東西，送到醫院去。我也提及那東西……那生物很怪，他說一定會保守秘密。」

我總覺得事情有點不對勁之處。

第五部

還是那個怪醫生的怪行為

（沒有辦法，雖然老套，但是怪醫生始終是幻想小說中的熱門人物，這叫作未能免俗吧。）

可是，想了一想，一時之間，卻也想不出有什麼地方不對勁，是班登這個人嗎？他本來是醫生，忽然對歷史研究有了興趣，但仍然擔任着一定的醫務工作，這似乎也是可以理解的事。

既然捕捉不到有什麼不對勁之處，自然也沒有再想下去，仍然從熒光屏上注視着那東西，發現那東西體內，有拳頭大小的一團陰影，在緩緩蠕動，看起來就像是人的心臟。

白素和我一樣專注，可是她很少說話，也不胡亂作出假設。

我頻頻向她望去，想聽聽她的意見，她卻只顧和良辰美景在說些無關緊要的話。良辰美景這兩個小女孩，雖然聰明伶俐，但是她們一定不知道那怪生物出現的重要性和嚴重性。

這怪生物，如果是地球生物，那就是地球上從來未曾出現過的一種生命形式，是由突變產生的，還是由來已久而一直未被人發現的，不知道有多少問題要研究，人類既有的生物學知識，只怕要全部由頭發展起。

而如果這怪東西竟然不是地球上的生物，那麼牽涉的範圍就更廣了：它是怎麼來的？誰帶來的？它的同伴在哪裏？它的同伴是不是和它一樣？它發展下去，脫離了「蛹」的狀態之後，會變成什麼樣子？這種生物，有什麼超特的異能？

簡單地想一想，問題就多得叫人喘不過氣來，而白素卻也像良辰美景一樣，看來並不是很關心，真是沒有道理，所以我忍不住叫了她一聲。

她轉過頭來，搖着頭：「我不知道，我不知道那是什麼，只知道那是一種生物。」

我沒好氣：「你不覺得這種生物若是大量出現，會對人類生活造成威脅嗎？」

白素一揚眉：「何以見得呢？世界有各種各樣的生物，只有人在威脅別的生物的生活，未聞別的生物威脅人。」

我又好氣又好笑：「我不知道你什麼時候參加了保護生物組織。」

白素也笑了一下：「等班登醫生到了，把它帶到醫院去，在詳細的檢查之後，得到的結果，自然比我們任意猜測可靠得多了。」

白素講的話，總有一種無可反駁的周密，我不再問她的意見，只是在那東西身上按着，敲着。若是力道大些，那東西就會有反應，會扭動。

那東西看起來確然令人噁心，可是好奇心勝過了一切，溫寶裕和胡說，也跟着我，足足觀察了那東西好一陣子，直到屋外傳來了車子喇叭的聲音，溫寶裕奔了出去，不一會，就帶着班登醫生走了進來——當然就是那個班登醫生。

班登醫生見了我和白素，並不感到意外，這倒可以說是他曾聽溫寶裕在電話中提及過我們在這裏的緣故。可是他見了那怪東西之後的神態，卻又令得我心中，陡然打了一個突。

從表面上看來，他見了那怪東西，現出了一副驚愕之極的神情來，這是十分正常的一種反應，可是總覺得他的神情中，缺少了一種什麼，想了一想之後，一面和他寒暄，一面我已經想到了。

他神情中缺少的，是一種噁心感，那東西不是可怖，只是令人皮膚起疙瘩的噁心。

我和他握着手：「班登醫生，世界真小，是不是？」而我已經老實不客氣地問他：「你見了這東西，不覺得有作嘔的感覺？」

班登「哦」地一聲：「不會，我是醫生，看見過不知多少人的身體的變異，有許多，比這種情形，可怕了不知多少。」

我仍然疑惑：「你以為這東西是一個……人體？」

班登搖頭：「不知道，想聽聽你的意見。」

沒想到他的「回馬槍」十分厲害，我只好乾笑着，說了些自己的推測，他聽得很用心，十分明顯，他對我的意見，比對那東西更有興趣。

我的意見，再加上小寶的、胡說的意見，一起綜合起來，說了之後，班登有點失望的神情，忽然說出了一句我絕意想不到的話來。

我看得出，他在說那句話的時候，神情相當緊張，可是故作輕鬆，可是說出來的那句話，卻實在莫名其妙之極。他道：「衛先生，照你看，這……生物會不會和太平天國壁畫中沒有人物繪像有關？」

老實說，我足足呆了有半分鐘之久，別說不知該如何回答，連問題的本身，還沒有弄明白，因為問題來得實在太怪，兩件全然沒有關連的事，他卻將之放在一起。真需要有足夠的時間來適應才行。

等到我對他的這個怪問題，多少有了一點概念之後，我第一個反應是：他在開玩笑；第二個反應是：他一定二十四小時不斷在想他研究的史料，以致有點神智不清。或者是太受影響了，就如同專攻歐洲歷史的王居風一樣，每三句話，就一定會和他研究的課題相結合。

（王居風這個怪人，自從有能力在時間中旅行之後，最近還曾送了兩卷錄像帶給我，造成了我相當大的困擾，但也又多了一次極奇異的經歷，當然也多了一點頗為怪異的故事。）

可是，在我向他望去，接觸到了他嚴肅的神情和他充滿了希盼得到答案的眼光時，我才知道，以上二個判斷都不對，他真正問了一個問題，而且希望這個問題有答案。

我吸了一口氣，勉強地笑了一下。這時，只有我一個人聽得明白他的話題，其餘的人都有點莫名其妙，自然也只好不出聲。我又遲疑了一下，才道：「好像……沒有理由發生什麼關係吧。」

班登的神情看來很怪異，他像有點不服我，但是又不知道如何反駁才好，又像是有許多話要説，可是口唇掀動着，又沒有聲音發出來。

我等了片刻，仍然未聽得他繼續再説什麼，就道：「自然，世上一切的事，表面上看來，可能一點關係也沒有，但實際上，總可以找出一點關係來的，『萬事都互相效力』，這是基督教《聖經》上的話。」

他的氣息甚至有點急促：「那照你看，兩者之間的關係如何呢？」

我實在無法設想眼前這個怪東西，和太平天國壁畫之中沒有人像作出什麼聯繫來，所以我只好打了一個哈哈道：「你的話，使我想起了一則相聲——那是一種以惹人發笑為目的的說唱表演。」

班登的中國話雖然流利，可是多半還未達到可以了解相聲奧妙的程度。

他瞪着眼望着我，我道：「這相聲的題目叫『相聲與水利的關係』。」

班登有點愕然，白素在這時，已向我投來責備的眼光，顯然她也看出了班登的態度十分認真，她是在責備我不應該在這種情形下和他開玩笑。

果然，班登立時急促地問：「那……有什麼關係？」

我笑着：「說相聲說得口渴了，得喝水啊，不就有了關係了嗎？」

這本來是一個老笑話了，可是班登顯然是第一次聽到，突然之間，他的神情懊喪之極。而良辰美景多半也是第一次聽到，她們本來就愛笑，這一聽，更是笑得前仰後合，就着兩團紅影在不斷晃動，笑聲不絕於耳。

班登大是不滿，悶哼了一聲，咕噥道：「原來根本不懂，哼。」

我本來看了他懊喪的神情，倒大大覺得自己的不是，正想向他道歉一番，並且向他說明我實在無法在兩者之間作任何聯繫的。

可是一聽得他這樣在嘰咕，我也不禁冷笑了一聲，若不是他答應了將那怪東西弄到醫院去檢查，只怕會當場沒好臉色給他看。

自然，這時我講話的語氣，也沒有那麼客氣了，他竟敢當面得罪我，我自然不必太對他遷就，我指着那東西說：「這東西的來歷還是一個謎，而且，它本身也極其神秘，所以最好不必讓別人知道，如果你覺得不方便的話，不如——」

他看來雖然有點心神不屬，但還是立即道：「沒有問題，沒有問題，我會處理。」

他一面說着，一面竟然也不怕那東西的惡形惡狀，一下子就把那東西抱了起來，姿態一如揹負一個人一樣，雙手抱住了那東西的下半部在胸前，任由那東西的上半部，伏在他的肩上，那東西的頭部，也就垂到了他的肩後。

對於他這個行動，我不禁大大佩服他的勇氣，胡說和溫寶裕兩人，想起自己看到那東西之後的害怕情形，更是目瞪口呆。

他揹了那東西，向外走去，我們跟着他，一直到了門口，看到他駕來的，是一輛只有兩個座位的小跑車，胡說剛想提議還是用他的車子，他已一手打開車門，把那東西像是醉漢一樣，送進了座位上，就讓它「坐」在駕駛位之旁，拉上了安全帶，又脫下外套來，蓋在那東西的「頭部」，動作十分熟練。

看着他這樣做着，我心中又不禁起了一陣疑惑，因為看起來，他實在不像是第一次做這種事的樣子，那只好說他是醫生，受過如何背負病人的訓練所致。

那種小跑車，在擠進了兩個人之後，並沒有多餘的空間可以給別人了，而班登也並沒有邀請他人上車的意思。他轉到了另一邊車門，打開，一手把住了車門，對我們道：「我先走一步了。」

胡說忙道：「我們怎麼和你聯絡呢？」

班登略想了一想，又向我望了一眼，我道：「可以和我聯絡，也可以和溫寶裕聯絡。」

那時，我雖然覺得班登醫生的行為有點怪，可是一則，是溫寶裕打電話到原振俠那裏找到他的，他既然住在原振俠的住所，自然兩人是好朋友，我對原振俠毫無保留的信任，所以便沒有再想下去。

（世事往往如此，就是在自己認為最靠得住的一點上，實際上卻是最靠不住的——也正由於你認為最可靠，所以結果變成了最不可靠。）

二則，我此刻想的，是急於去追尋那東西的來歷：是什麼人將它紮成了木乃伊，送進博物館去的。

三則，那東西必須經過特殊設備的檢查，所以交給班登醫生，應該最妥當。

一定是每一個人都有這樣想法，所以大家眼看着班登醫生上了車，和我們揮了一下手，在關上車門之前，他又探出頭來，望着我，一副欲言又止的神氣，結果仍然沒有說話，只是現出一個十分古怪的神情，又不無憂鬱地長嘆了一聲。

然後，他關上車門，發動車子，引擎發出呼嘯聲，小跑車絕塵而去。

眼看着班登醫生載着那東西離開。各人心中，反都有鬆了一口氣之感。那自然是由於那東西既不可愛，又詭異莫名，再加上又是活的，沒有人可以預知它會變出什麼花樣來，所以給人心理上的壓力十分沉重之故。

這一擾攘下來，夜已極深，我先道：「只好等班登醫生檢查的結果了，但是我想先弄清楚這東西是誰送來的，明天我會到博物館來一下。」

胡說答應着，我又道：「小寶，你也該回去了，不然，我又要被令堂責罵。」

溫寶裕垂下頭來一會，不敢看良辰美景，委委屈屈地答應着，良辰美景卻一點機心也沒有：「我們送你回去。」

溫寶裕雙手連搖：「不必了，我母親膽子小，見不得你們這樣的野人。」

我「呵呵」笑了起來：「要是他母親知道她的寶貝兒子，竟然有你們這樣的野人做朋友，那不知會有什麼樣的反應。」

良辰美景調皮地吐出舌頭，這情形，她們一定偷偷去見過溫寶裕的母親，也有可能還做過一些什麼惡作劇。這一點，從白素似笑非笑的神情上也可以知道，她的心中也正那麼想。

白素在這時候，卻說了一句令我意想不到的話來，而且是向我說的：「我邀請她們兩位到我們這裏來——」

我一聽，整個人幾乎沒有跳起來，剛迅速地吸了一口氣，準備列舉三百條理由加以反對之際，白素已緊接着說下去：「可是她們拒絕了。」

我也真為自己的虛偽慚愧，非但三百個拒絕的理由縮回口去，反倒略有遺憾之色：「那……太可惜了。」

良辰美景吐着舌頭，做着鬼臉，指着大屋：「這屋子有的是房間，又沒有人管，由得我們拆天拆地，我們喜歡住這裏。」

我和白素齊聲説着（這句話倒是由衷的）：「有事沒事，希望你們隨時來找我我們。」

良辰美景「咭咭」笑着：「當然會，直來到衛叔叔一見我們就頭疼為止。」

我有點不服：「怎知道白姐姐見了你們不會頭疼？」

兩人齊聲道：「白姐姐不會，你會。」

良辰美景兩人説着，和溫寶裕、胡説揮着手，跳跳蹦蹦，向門口走去，在離門口還有三五步時，不知是有意賣弄，還是她們的習慣如此，身形一閃，紅影倏然，人已進了大門，大門也隨即關上。

我望了大門一會，心中十分感嘆，這一對雙生小姑娘，現在自然是無憂無慮，可是她們必然難以一直這樣嘻嘻哈哈下去，那麼可愛的人物，日後要是有了煩惱起來，不知會怎樣？

胡説送小寶回去之後又送我們到門口，下了車之後，白素知道我的心思，笑道：「她們不是普通人，不會照普通人的生活規律生活，何況她們的性格這樣開朗，你為她們擔什麼心？」

我笑着：「一定是思想太舊了，她們那樣沒有機心，怕她們會吃虧。」

白素打開門，笑了起來：「她們有大名鼎鼎的衛叔叔做靠山，誰敢惹她們。」

我沒好氣：「有大名鼎鼎的白姐姐做靠山，才是真的沒有人敢惹。」

白素着亮燈：「我和她們講好了，會帶她們到法國去看父親。」

我哈哈笑了起來，白素真是好會出主意，白老大要是見了這兩個小鬼頭，一老兩少，瘋起來，只怕法國人會有大難臨頭。

白素也覺得有趣，我們一面笑着，一面走進去，才一進屋，就看到茶几上有一張白紙，上面有字寫着，我走過去一看，寫的是「來訪不遇，甚憾。」下面的署名，竟然是「班登」。

我一看了這張留字，心中錯愕不已。老實說，字條是任何人留下，就算是上山學道、不知所終的陳長青留下來的，我都不會那麼奇怪。

班登來過我這裏？他是什麼時候來的？當然是我和白素一起到陳家大屋去的時候他來的，而我剛才才和他分手，他為什麼隻字不提「來訪不遇」的事？這個人的行徑，也未免太古怪了。

白素也是一怔，她拿起了字條來，皺了皺眉，吟着旁邊的兩行小字：「不速之客，本有疑問相詢，既無緣得見，只索作罷，又及。」

作為一個西方人來說，用中文留下這樣的便條，已十分難得了。白素抬起頭來：「不速之客是什麼意思？他是偷進屋來的？」我略怔了一怔，要偷進我的住所來，不是十分容易的事，但也決不是太困難，看來有這個可能，為了證實這一點，去叫醒了老蔡，老蔡睡眼惺忪：「是……有人來按鈴，我可沒讓他進來，是個陌生洋人，捱了我一頓吧，知難而退。」

我自然無法責備老蔡，老蔡早已到了再責備也無濟於事的程度。

白素揚了揚頭：「這人很怪，果然是擅自進來的，看來他真有點疑問，想和你商議。」

我對於擅自入屋這種行為，自然不會有什麼好感，冷笑道：「他在陳家大屋見了我，為什麼不問？」

白素道：「他問了啊，他不是問了你一個問題嗎？」

我又是惱怒，又覺好笑：「那算是什麼問題。你也聽到了的，他問那不知名的怪生物，和太平天國壁畫上不繪人物的關係。」

白素沒有再說什麼，沉吟了一陣，我在這時，陡然想起一個可能來，「啊」地低呼了一聲，一揮手：「小寶是打電話到原振俠住所找到他的，如果……如果他習慣擅入他人住所的話，會不會當小寶打電話去的時候、他正好進入原醫生的住所之中？」

白素抿着嘴：「自然有這個可能，但是他如果不認識原振俠，怎會出現在原的住所？」

我道：「他也不認識我，可是卻來過了。」

白素望着我：「你想證明什麼？」

我一時之間，思緒也十分紊亂，的確，我假設溫寶裕打電話的時候，班登正好偷進原振俠的住所去，這樣的假設，目的是什麼呢？想證明什麼呢？

如果這個假設成立，那麼結合接下來的發生的事實，就必然達成如此的結論：班登冒接了電話，謊稱他可以安排那個東西到醫院去檢查，然後來到陳家大屋，載走了那個怪東西。

那麼，他的目的是什麼呢？難道就是為了拐走那怪東西嗎？

這無論如何是不合情理的事。那麼，是不是就此可以證明我的假設不成立呢？

我正在思疑間，已看到白素撥電話，我也沒問她打給什麼人，只是看到她的神情也十分疑惑，顯然她要通過電話去求證什麼。

我仍然不肯放棄我的假設，因為班登若是有疑惑的事要來找我，他和我見了一次之後，沒有結果，再找我又找不到，再去找原振俠的可能相當大。一來，原振俠對各種怪異事情的經歷，相當豐富；二來，他們既是醫生，容易知道對方的存在。

而原振俠不在家，到南中國海去「尋找愛神」去了，有擅入他人住所習慣的班登，恰好於那時在原的住所之中，也就不是什麼不可能的事。

我想把自己的想法說出來，卻聽得白素已對着電話在說：「請班登醫生，對，班登。」

白素說着，等了一會，我知道她想求證什麼，顯然她認同我的假設，這時正在求證，等了約莫兩分鐘，白素揚了揚眉：「請再查一查，班登醫生，西方人，但是使用極流利的中國話，應該正為他準備一間……身體檢查室……全科的那種。」

我走到了白素的身邊，又等了兩分鐘，白素才淡然道：「謝謝你。」

她放下了電話，回頭向我望來，現出了十分好笑的神色：「我們居然全叫他騙了去。」

我吸了一口氣，白素繼續道：「醫院說，根本沒有班登醫生這個人。」

我思緒更亂：「他騙我們，目的是什麼呢？我就有點覺得他形態很可疑，當他看到那怪東西之際，我一下子就覺得，他那種驚愕的神情，是假裝出來的。」

白素沉聲道：「那就只有一個可能：他以前見過那個怪東西。」

我又道：「而且他把那怪東西弄上車子的時候，那輛鬼跑車那麼小，可是他的手法卻十分俐落，看來也不止是第一次了，這說明……」

白素嘆了一聲：「這說明，那怪東西和他相處甚久，我看，把它紮成木乃伊，送進博物館去，也是這位醫生兼歷史學家班登先生幹的好事。他接到了電話，冒充原振俠的同事出現，只不過是由於可以不必費什麼手腳，而將那怪東西弄回去而已。」

我悶哼了幾聲：「這個人，比那個怪東西更怪，行為怪異得完全不能用常理去猜度。」

白素靜了片刻，我實在十分生氣，被班登這樣戲弄，不論他目的何在，都是一樁大大無趣的事，陰溝裏翻船，自然意氣難平。

白素想了一會之後，才道：「也不是全然不可用道理來解釋。」

我勉力使自己鎮定下來，斟了一杯酒：「問題一：何以把怪東西弄到博物館去。又打扮成木乃伊。」

白素道：「打扮成木乃伊，可能是無意識的，因為他知道博物館有木乃伊要展出，將之打扮成木乃伊，恰好可以掩飾那東西的醜陋，至於為什麼要把怪東西弄到博物館去，我假設目的是要讓你知道——由於胡說曾向記者說及過他認識你，以及你和胡明博士之間關係之故。」

我喝了一口酒：「太複雜了吧，要我注意，何不乾脆把怪東西送到我這裏來？」

白素道：「他不想人家把他和怪東西之間有聯繫，送到這裏來，被你撞破的機會大。」

我笑了兩聲：「可是現在，他又玩了這樣一個花樣，把他和怪東西之間的關係明朗化了？」

白素嘆了一聲：「我想，那是他兩次和你會面之後，對你感到十分失望，只怕以後再也不會來向你求教，所以有機會愚弄一下你，把你弄得莫名其妙，他自然十分樂意如此。」

白素的分析，有條有理，難以反駁，雖然。根據她的分析推理，我無疑是做了一次傻瓜，但也無話可說，我只好恨恨地道：「這東西，他其實什麼也沒有問題問過我。」

白素道：「不，他問過你兩個問題。」

我用力一揮手：「是，來來去去，都是太平天國為什麼沒有人物繪像，真見鬼。」

白素補充，她比我心平氣和得多：「還有一個問題，是這個問題和那怪東西之間的關係。兩個問題在你這裏，非但沒有答案，而且你還嘲笑了他，那自然令得他失望之極了。」

我想起我取笑他的經過，也確然覺得自己太過火了一些，可是他一直未曾將問題說清楚，又怎能怪我？

我呆住了，不着聲，白素笑道：「你沒有問題之二了麼？班登醫生的怪行為還沒有說完。」

我盯着白素，白素道：「譬如說，他不是住在本市的，他來到這裏，目的顯然是為了見你，或者見原振俠，可是行動鬼祟之極，若不是音樂聚會的主人認識他，他不知道要採用什麼方式和你見面。」

我點頭：「是啊，所以一聽完音樂回來，我就要你去調查他的來歷。」

白素道：「現在更要進行調查了，我會去進行，只怕音樂聚會的主人，也不能提供什麼。」

我一口喝乾了杯中的酒，重重放下酒杯，心中不免有點氣憤，但已經過去了一個多小時，班登帶着那怪東西，幾乎可以到達任何地方，在一無頭緒的情形下，自然無法找尋了。

我想，班登騙走了那怪東西的可能性較少——誰會要那麼醜惡可怖的怪物？那怪東西本來就屬於他的可能性較大。

那樣說來，我簡直是雙重損失了。不但受騙，而且，錯過了一個可以解開那怪東西來龍去脈的好機會。班登自然知道那怪東西的來歷。而且還不止此，在班登的心目之中，我一定成為一個徒具虛名的傳奇人物，英名掃地，這才是大損失。

愈想愈不是味道，這一晚自然睡得不好，第二天才醒，白素已然不在，電話鈴聲卻已響起來，我拿起電話，就聽到了胡說的聲音：「天，醫院說，原振俠的那家醫院說……說……」

我接上去道：「根本沒有班登醫生這個人。」

胡說叫嚷了起來：「這是怎麼一回事呢？」

我道：「再簡單也沒有，我們受騙了。」

胡說的喉間發出了一聲怪異的聲響，彷彿吞下了一打活的毛蟲，我道：「約了小寶，一起來聽我的解釋，我們昨天一回來就知道了。」

胡說終於又迸出一句話來：「真是世界變了，那麼可怕的東西，也有人要。」

我道：「那難說得很，這……活物或許有極高的研究價值，是無價之寶。」

胡說發出了「啊」地一下驚呼：「真是，是我們太疏忽了，真是，經過X光透視，它看來不是有一對翼嗎？說不定是……是……」

「說不定」是什麼，他自然也說不上來，所以也沒有了下文。

事情發展到了這一地步，已經可以相當肯定地假設，那怪東西和班登醫生有關連，那也就是說，只要把注意力集中在他一個人的身上就可以了，博物館我也懶得去。

胡說可能急急地想把班登拐走了那怪東西的消息去告訴溫寶裕和良辰美景，所以也不再和我說下去。

我放下電話之後，對於那種被人欺騙了的感覺，自然不能釋然於懷，一個人在書房生着氣。

到了下午二時左右，電話鈴聲響起，是白素打來的，她只說了一句十分簡單的話：「問你在瑞士方面的朋友，查查班登醫生的資料，他的全名是古里奧．班登，曾在瑞士生活過。」

我忙問：「有什麼發現？」

白素道：「知道他來自瑞士，可是離開瑞士已相當久，音樂會的主人和他也不是很熟，但是他來到本市，目的顯然是想見你。」

我訝異：「何以見得？」

白素的聲音十分平靜：「介紹他給音樂會主人的是我們的一個老朋友，知道在某一天晚上，可以在那見到你這位平時不是很肯見陌生人的要人。」

我吸了一口氣：「我猜不出是哪一位『老朋友』來，他自己沒有出現。」

白素笑了起來：「他自己？除了墳墓之外，還很難有可以吸引他去的地方。」

我「啊」地一聲：「齊白？盜墓專家齊白？」

白素「嗯」了一聲：「就是他。」

在那剎那間，我真是心念電轉，一下子不知作了多少假設。一個醫生，無論如何和一個盜墓人，是扯不上任何關係的。而一個歷史學家，和盜墓人的關係，就可能相當密切——在古墓中取出來的許多東西，都可以作為歷史研究的佐證。

齊白是一個異人，他可以被稱為當今地球上最出色最能幹最偉大的盜墓者。我對他的盜墓手段，作毫無保留的推崇。

齊白是怎麼和班登認識的呢？齊白這個人的行蹤實在太飄忽了，要尋找他，幾乎沒有可能，而且，他長年累月，偷進各種各樣的古墓去，人弄得陰氣森森，愈來愈有人不人鬼不鬼的感覺，神秘得要命，他要是故意躲起來不見人的話，只怕沒有什麼人可以把他找出來——誰知道他躲在哪一座古墳之中，說不定在曹操七十二疑塚之中編號第二十九的那座，上哪裏找他去？

但知道班登和齊白相識，總多了一條線索，也算是一種調查所得。

我在電話中道：「真怪，班登若是費了那麼大的勁要來見我，難道就為了和我討論太平天國的壁畫中沒有人像的問題？」

白素的聲音中，也充滿了相當程度的迷惑：「真是有點不可思議，但看來的確如此。」

我問：「你現在在幹什麼？」

白素道：「已查到了他這幾天來的落腳處，酒店方面說他有極大的行李箱，那怪東西一直是跟着他來的，已可肯定，現在我要查他到什麼地方去了，如果查到，我會跟蹤他的行蹤。」

我答應了一聲：「隨時聯絡。」

在和白素說完了話之後，我立即開始和瑞士的醫學界的朋友聯絡，一小時之後，已經有了相當收穫。古里奧．班登，瑞士山區出生，是柏林大學醫學院年紀最輕的畢業生，十七歲〇兩個月又十一天，這個紀錄至今未有人打破。

他在畢業之後，專攻小兒科、遺傳學，又在兩年之後，分別取得了兩個博士頭銜，在瑞士執業期間，是小兒科的權威。可是兩年之後，突然結束診所，銷聲匿迹，傳說他加入了一所十分神秘的療養院工作……

（我在知道了這一項資料時，心中就「啊」地一聲，立刻想起了瑞士的勒曼醫院，那個醫院中，集中了人類醫學界的精英，他們甚至培養出了複製人，我曾和他們的幾個首腦打過交道。那時，可能班登見過我，至少知道我，而我卻未曾留意他。

（和勒曼醫院那群醫生打交道的怪異經過，記述在題為《後備》的這個故事之中。）

然後，他的蹤迹未曾再在歐洲出現過，也似乎完全脫離了醫學界，只有間中或在權威性的醫學雜誌中，有神秘作者寄來的有關生物化學的研究，特別是在遺傳密碼上的研究文章，行內人一致推測是他的大作，但卻不明白他何以不肯具真名發表。

其中，那些文章中，最惹人注目的一個論斷，是指出生物的細胞的根本組成部分「DNA」中所包含的遺傳密碼，可以變化，也可以作有控制的變換，一股單鏈的DNA就可以儲存遺傳信息，而DNA的構成，大都是雙鏈型，他的理論是，只要改變其中一鏈的密碼程式，就可以達到目的。

那是十分複雜又專門的生物化學過程，涉及一大堆專門名詞，決非這方面的專家以外的人士所了解，所以不必詳述，只是簡單地說明一下，有一種新的論點：通過對細胞中遺傳密碼的改變，就可以令得生物脫出傳統遺傳的規律。

對於這一點，我並不陌生，我早就知道有人在從事這項研究，而且大有成績，可以使食肉的美洲黑豹改變習性，變得吃青草維生，而且性子比貓還要溫順。

然而，那當然只是性格上的改變，這種研究，現在究竟已發展到了什麼程度，我並不是這方面的專家，所以也不甚了然。

至於那些研究文章，是不是真是班登寫的，也沒有確實的證據，大家都只不過是這樣懷疑而已，總之，班登醫生被當作「離奇失蹤」。

這個人的一生，事蹟雖然不是很多，可是卻充滿了神秘的意味，這樣的一個充滿了怪行為的怪醫生，和那個無以名之、可怖之極的「怪東西」有點關係，倒也是可以了解的事。

我一面分析着有關班登的資料，也沒有什麼別的事情可做，只好等着白素來進一步和我聯絡，但是一直到黃昏時分，還沒有白素的音信。

我自然不會擔心她會有什麼意外，只是等得有點不耐煩。反正這時無事可做，整個故事，不如在此，略為擱一下，另外再起一個頭。

另外一個起頭，看來是和前半段故事完全無關的，但實際上，大有關連。

第六部

某年某月某日某城某處發生的事

（這個標題很可能招人罵，那麼多「某」，未知數還是代名詞？是故作神秘還是在玩什麼花樣？無論如何，請稍安毋躁，標題畢竟只是標題，甚至是可有可無的。）

某年某月某日。

某城市某處。

「某處」是一幢十分巍峨輝煌的巨宅，純中國式，古色古香，已經有超過五百年的歷史，不但在過去的歷史上，大宅的主人全是烜赫一時的人物，就是一直到最近，雖然大宅的輝煌已大不如前了，棟樑上的彩繪褪色了，牆上的白粉剝落了，有相當多處的磚牆倒塌了，荷花池乾枯了，花園中的迴廊雕花早已東倒西歪，沒有一幅完整，草木也未經修剪有年，和野草一起在汲取陽光和營養。

大堂上原來的陳設，消失無蹤，一塊大匾，也黯然無光，而且裂成了好幾片，有一兩片還不見了。雕花的窗欞，全都成了一個個破洞，只有整個結構的氣氛，還是十分懾人。

它現在的主人，也是一個官員，那個官員的頭銜是「局長」，而且，不是冷衙門，是這個「某城」的「國家情報局局長」，十分當時得令，炙手可熱，權勢甚大的一個人物，這個情報局長五十出頭，在這樣職位的官員之中，堪稱

「年輕力壯」，再加新上任，自然有志要在任上幹出一番大事來，須知身在官場，前途便無止境，局長之上還有無數比之更高的長，可以供局長一步一步或是作三級跳升上去的。

作為「情報局長」，在工作上要有成績，自然是要破獲一些對國家安全不利的案子，才能顯出情報局長的辦事能力來，

只可惜這樣的事，卻由不得局長作主，硬是沒有人破壞安全，局長雖然精於羅織罪名，但總也不能滿街去把人抓來，就安上罪名——有一個時期，居然是可以的，所以局長也很懷念那個時期，不過這種懷念，他藏在心中，不是很敢在人前透露，甚至一個人獨處之際，也深藏不露，這才是作為一個情報局長的好材料。

情報局長選擇了這所巨宅作住所，有着一個特別的原因，表面上，只是說巨宅雖然破落，但氣派猶存，和他的身分還是十分相稱。

他並沒有佔據整座巨宅，而只是據有了東南的一個角落。那角落有七八間

房間，還有一個院子，更可以從這個院子，通到一個荒廢了的大花園中，那個大花園被列為國家重點文物保管點，可是卻一直沒有人打理，所以自情報局長住進來之後，也自然而然，成為他局長大人的勢力範圍。

這一點，也是局長的私心。

局長是一個十分工心計的人——若非如此，斷乎不能以五十出頭的年齡，就擔任了這麼重要的職位。

他當官，一直都沒有離開這個城市，所以對這個城市的歷史，知道得十分詳細，他又是本地人，自小，他就有一個十分秘密的願望，要進入這所巨宅。

這個願望，他從來也未曾和人提起過，而使他有這個願望的，是一個年紀老得看起來實在無法再老的老頭子。

時間又得向前推若干年。

（所以，這一節的標題上用了「某年某月某日」，實在十分合理，因為究竟是哪一年哪一月哪一日，根本難以確定。在這一節故事之中，空間始終是在某城，環繞着這所巨宅，但是時間忽前忽後，變化多端，難以確定。）

把時間推到精明能幹的局長只有十一歲那年。他自小就聰明過人，所以，十一歲那年，已上中學，從家裏到學校的路相當遠，家境又不好，所以只好走路，那所巨宅旁邊的小巷，是一條通路，也就成為他這個少年每天至少經過兩次的地方。

小巷子是在巨宅之中硬開出來的，十分奇特，所以巷子的兩旁，都是高牆——屬於巨宅的高牆。少年（那時當然還不是局長，雖然他將來會當局長，但現在自然也只好稱他為少年）經常可以看到，有一個老得不可以再老的老人，用十分緩慢的步子，在巷子中踱步，從巷子的一頭，踱到另一頭，立即轉身，又踱回來，再踱到這一頭。

所謂「老得不能再老」，自然是一個十一歲少年眼中看出來的印象，在一個十一歲的少年人眼中，三十歲也是老了，何況這個老人，據說已過了九十歲，那真是不可想像的老，滿面皺紋，手伸出來，看起來也不像是人的手——人手怎麼會那麼可怕呢?褐色的皺摺下,好像有許多條蚯蚓在蠕動。

本來,他也沒有什麼機會看到那老人的手的,那天,他在老人的身邊匆匆經過,那老人忽然伸手把他攔住,那突如其來的行動,令他嚇了一跳,老人的嘴都扁了,口中只怕一顆牙齒都沒有,說出話來,自然也含糊不清,可是他還是起勁地說着:「好好念書,念出個狀元來,住進那大宅去。」

他眨着眼,不知道是什麼意思。老人向他湊過來,呼呼地噴着氣,有一股霉壞的氣息自他口鼻中沁出來:「這大宅,你知道有誰住過?」

大宅在城中那麼出名,他自小在城中長大,自然知道,立時說了出來。老人忽然長嘆了一聲,搖着頭:「我是沒見到,可是我相信那個人見到的,也相信他所說的。」

他聽得莫名其妙:「那個人是誰,他說了什麼?」

(本來,又可以把時間再向前推上幾十年,看着老人是少年時的情形,但只怕這樣一來,太複雜,容易糾纏不清,所以還是聽老人說說算了。)老人道：「那個人，是……他把我養大的。」

少年局長不禁吐了吐舌頭，這對他來説，近乎不可思議，老人已經那麼老，「那人」比老人還老。

老人像是明白少年人的意思，一面嘆息，一面道：「那人早已死了，他一直告訴我，他住過那大宅子，後來被趕了出來，幸好避得快，才保了性命，可是他知道，這大宅子一處地方，藏着無數的財寶。」

少年忍不住喝了一下倒彩：這大宅中藏有無數財寶，那是這個城市中最吸引人的傳説之一，人人皆知，而且每一個人聽到至少一百個不同的有關財寶數字多寡的版本。

有的説花園裏整座假山都是金子打的，那得多少金子，好幾千石。

（結果是在亂的時候，花園裏所有的假山全都給敲開來過，金子欠奉，石頭全部。）

也有的説是大宅的柱子，都是空心的，裏面全藏着龍眼大小的珍珠和各種各樣的翡翠寶石，不計其數，比古代傳說中四海龍王的水晶宮裏的還多。

（結果是亂的時候，幾乎每一根柱子都叫鑽了不少洞，但結果是除了木屑多外，什麼也沒有發現。）

諸如此類，有關這所大宅的藏寶傳說，不計其數，也是從小就聽慣了的。這所大宅之所以會有那麼多藏寶的傳說，倒也不是沒有來由的，因為這所巨宅，曾作為掠奪了大半壁江山的首領的府邸，一切的傳說，自然全都因為它有過那麼非凡的一個主人而引起的。

不過傳說多了，也就再難引起人的興趣來了，而且到那時候，不論是什麼人進城，只要是有勢力，可以把這所巨宅，在一個短暫時期，並入自己的勢力範圍之內的，無不惑於藏寶的傳說，將巨宅徹底搜查過。其徹底的程度，在經歷了數十次類似的搜查之後，大抵是什麼角落處藏着一枚繡花針，也早被找出來了。

這，所以藏寶的傳說，就更引不起人的興趣了。

少年人一面喝着倒彩，一面揮着手，就得離去，可是那老人卻把滿是皺紋的臉，湊了過來：「他不但住過那大宅子，而且經手藏過寶物，經手藏寶的人，全叫——」

老人說到這裏，現出了詭異絕倫的神情來，昏黃的眼珠之中，閃爍着一種妖異的充滿了鬼氛的神采，作了一個砍動的手勢，不但口中發出令人毛髮為之直豎的「卡察」一聲響，而且，他瘦得可怕的手，動作居然快疾萬分，一下子就砍在少年人的脖子上。

那一下，當然一點也不重，可是由於一切配襯得十分令人心悸，少年人不禁直跳了起來，伸手向自己脖子上用力搓着，一時之間，真好像自己的頭，已叫砍了下來，連雙腿都嚇得有點發軟。

這一下動作，對他來說，印象深刻之極，所以他不但當時就集中精神，聽那老人講他的故事，而且日後，翻來覆去，思考老人的故事，等到他思想愈來愈成熟的時候，思考得愈來愈多，終於，無可避免地，他整個人都沉浸進了老人的故事之中，對老人所說的故事，確信不疑，並且下定了決心，要使老人的故事中的所提及的一切財寶，得到被發掘的機會。

當時，他只是一個手摸着被手掌砍下來的地方，雙眼發直發楞的少年，和後來威風八面的情報局長自然大不相同，但一切卻全是從那時開始的。

老人盯着他，重複着：「財寶，金子、寶石、銀子根本不入流，全在那大宅中，將財寶藏起來的人，當夜被拉出去砍頭，砍到了他，刀鈍了，只砍了一半，把他當死人踹倒在地上，他爬起來，撿回來了一條命。等到砍人的也死了，世上就只有他一個人，知道藏寶的秘密。」

老人一口氣講到這裏，口角積聚的涎沫，泛出奇詭的泡沫，看來像一隻不斷在發聲的癩蛤蟆。

老人胸口起伏着：「他臨死，把這個秘密告訴了我，我……他說，不知道這個秘密，絕找不到藏寶的所在，那財寶，真是堆積如山……眼還不能多看，多看了，會叫寶光把眼睛耀瞎了。他把秘密告訴了我，我就是世上唯一知道寶物藏在哪裏的人了。」

少年人突然打了一個噎，一個問題想問而沒有問出來間，就被阻了下去，那老人已搶着說下去：「就在那大宅中，在高牆後面，在裏面。」

少年人心中罵一句：廢話。不過他還是趁機把剛才沒有問出的那個問題，問了出來：「老爺子，你既然知道，為什麼不把財寶弄出來啊？」

老人像是早知道少年會有此一問一樣，少年人話才出口，他就長嘆了一聲，那「唉」地一聲，悠悠不絕，餘音裊裊，雖然少年人不識愁滋味，但是一聽，也就知道這老人的心中，實在愁苦非凡。

老人在嘆了一聲後，才道：「小娃子，你以為什麼人都能有財寶的嗎？那宅子本來住過什麼人，你也不是不知道，那麼多寶貝，全是各處搶掠來的，已經歸他所有了，藏得又那麼好，可是結果怎樣？死得無影無蹤，能帶走一分一毫嗎？像我這種命，沒有還好，有了，嘿嘿，說不定就惹禍上身了。」

少年人對於這種宿命論自然不能接受，也根本不懂，所以他翻着眼：「那你知道了秘密有什麼用？」

老人用力眨着眼睛，連連點頭：「是啊，是啊，我知道了秘密之後，多少年了，一直睡也睡不安穩，唯恐在夢裏泄露了秘密，一直想要對人說，但是又找不到人告訴，福薄的人，告訴他，是害了他啊。」

少年心有點動：「我……福夠……厚嗎？」

老人陡然一伸手，用他那鳥爪一樣又冷又硬的手，抓住了少年人的手腕，扯着少年人，一直向外走去，直來到了巷子口。

那時，恰好是夕陽西下時分（烏衣巷口夕陽斜），金黃色的夕陽餘暉，照不進巷子。在巷口，一出了高牆的範圍，卻燦爛無比，滿滿地映着少年的身上，老人又伸手抬了抬少年的下顎，令他面對着陽光，少年自然而然微瞇着眼，在他眼中看出來，是一大團紅得如血一樣的夕陽。

老人口中喃喃自語，說了好些話，少年都聽不懂，什麼「天庭太窄，少年運自然差些，可是，啊，啊……仕途得意，一帆風順，愈險愈高，真是……今兒個可算是找到人了。」

少年的臉上，被夕陽餘暉照得暖烘烘，他心急地問：「到底怎麼樣？」

老人反手向高牆一指：「好，有朝一日，你會成為這大宅的主人。」

少年一聽，哈哈大笑起來，雖然他心中根本不信那老人的預測，但是卻也十分高興，能作這巨宅的主人，這真是太美麗的想像了。所以，他一面搔着頭，咧着嘴笑着，一面想説些話，許些願來報答那老人，想了半晌，才道：「要是真能，我就邀你一起來掘藏寶。」

老人搖着頭：「那時，我只怕早已化成枯骨了。嘿嘿，嘿嘿，嘿嘿……」

他接連冷笑了六七下，笑得少年遍體生涼，忍不住問：「寶藏究竟藏在什麼所在啊？」

老人喃喃地道：「就在大宅裏面，除非知道秘密，不然，再找也找不到。」

少年感到喉嚨有點發乾，還想再問，老人已經道：「我會告訴你，在我臨死之前，我會告訴你。」

少年翻着眼，一句話在喉嚨口打了一個轉，又吞了下去。那句話是：「我怎知你什麼時候會死？」

誰知道老人忽然又嘆了一聲：「唉，我現在就快死了，來，我告訴你。」

老人說着喘着氣，退了幾步，又退進了巷子中，背靠着高牆站定。

少年人湊了上去，在那一剎那間，老人的眼中有異樣的光采閃耀，少年人也不覺得他的身上有霉腐的氣息發出來。不論在什麼時間、什麼地點、大量的財寶，總是極度震撼人心的。雖然對一個貧窮無知的少年人來說，大量財富意味着什麼，他可能一無所知，但是自人類發明了財寶以來，人類的生命便與之結合在一起，成為生命的遺傳因子的一個內容，幾乎每一個人，都遵照這種遺傳因子中密碼所規定的對付財富的規律在展開他的行為。

少年人只覺得自己心跳得十分劇烈，老人的聲音變得十分低沉，所以他不得不努力湊近耳朵去，自老年人口中呵出來的難聞的熱氣，令得他的耳朵發熱，他終於聽到了自那老人口中吐出來的。斷斷續續的幾句話——那有關巨宅中蘊藏着巨量財富的秘密。

老人果然在說出了心中的秘密之後，就身子靠着牆，慢慢向下滑去，直到坐倒在地，再也不動了。少年人有點不是很聽得懂，又俯身連連問了幾遍，可是斜陽映在老人凝止不動的眼珠上，反射出可怕的、奇詭的金黃色的光芒來。

少年人沒有見過死人，但這時卻也意識到了死亡，他連退了幾步，背脊重重撞在高牆上，然後，他夢初醒似地發出了一下叫喊，疾奔了出去。

沒有人知道他的一生中有過一段這樣的經歷，他未曾對任何人說起過，可是自那之後，他卻經常做同一個夢，夢見自己在金山銀山寶石之中，說不完的光輝燦爛。

自那以後，歲月如流，又經過了許多年月日，經過了炮火連天，屍橫遍野的戰爭，經過了瘋狂當道、血流成河的變易，經過了樂聲悠揚、飛黃騰達的變遷，終於老年人的話實現了，他的官位大得足夠使他住進了這所巨宅，他可以實現多年來的夢想了。

他十分沉得住氣，這是他辦事的原則，沒有百分之百把握的事，他不會做。他知道，在他處身立命的社會中，財富雖然有意義，但是意義不夠巨大，而在這個社會以外的廣闊天地之中，財富才能發揮巨大的力量，可以使他一生中餘下來的日子，比神仙更快樂，比帝皇更逍遙。所以他的準備，包括了他一旦發現了巨宅中的寶藏，在二十四小時之內，利用他的職權，可以神不知鬼不覺地離開，以一種極秘密的方式，到達他要去的目的，在那裏，開始嶄新的生活，而他原來所隸屬的社會，再也沒有法子找得到他。

一切都準備好了，那是他在搬進了這個巨宅之後第二個月的時候，那天晚上，他帶了一些簡單的工具，到了巨宅荒蕪了的花園的一角。

花園很大，又是荒蕪了許多年的，再加上在晚上，深秋的寒風吹上身，本來應該很涼了，可是他卻覺得渾身發熱。經過了一個乾涸了的大池，他來到了那株大柳樹的旁邊。柳樹十分大，姿態也極其怪異，有一個粗大得三個人也抱不過來的樹墩，枝條、樹幹都從這個樹墩中抽出來，夏天的時候，柳枝披拂，足可以遮幾十個人的蔭。

深秋時分，月色清涼，光禿的柳枝仍然在隨風擺動，但看來就像是一些不知年華老去、已經雞皮鶴髮的老婦人，仍然在懷念自己的少女時期而在曼舞，境況格外令人覺得淒涼。

他站在大柳樹之前，深深地吸了一口氣，耳際又響起了當年那老年人貼着他耳朵所講的那些話。多少年過去了，他不知多少萬遍背誦過老人的那一番話，這時有意回想，自然更是一字不誤。

老年人的聲音乾澀之中充滿了興奮：「所有的奇珍異寶，都埋藏在極深的地下，只有一條通道可以通下去，那通道的入口，是在一株大樹的中心，一株活的大柳樹的中心，誰能想到得？」

大柳樹在被移植過來，壓住通道入口時，被挖空了樹心。柳樹挖空了樹心，仍然可以活下去，一樣可以長得很好，樹幹也會愈來愈粗大，可是挖空的部分，一直是那麼大小。

「隨你怎麼找好了，隨你派多少人，在宅子裏園子裏去找好了。誰會把一株枝葉繁茂的大樹剖開來瞧瞧呢？誰會想到，寶藏的入口，要由大樹中心通下去呢？」

他深深地吸了一口氣，大柳樹將近兩百年來，樹皮上起了一個又一個大疙瘩，一點也沒有損壞過，可知秘密一直未曾被人發現，他甚至於不想急於發現寶藏——確知可以發現寶藏，慢慢享受一下發現寶藏的經過，那是至高無上的樂趣。

在事前，他曾詳細研究過柳樹生長的過程，柳樹喜歡大量的水，木質相當鬆，年輪約一到一點五厘米，從種下起，到如今，算他一百八十年，也不過二十公分左右，原來可能有十公分。

那就是說，他帶來的利斧和利鋸，不必多久，就可以弄開樹幹，看到樹中心的空心部分了。而到砍出一個足可以供他鑽進去的洞時，他就可以進入藏寶的所在。

興奮使他的體力發揮到淋漓盡致，每一斧砍下去，發出的聲音激盪人心，他為自己的幸運而慶欣，因為一切天時地利人和，配合得妙到毫顛。他如果不是在這個官位上，即使官位再高，也無法利用職權把大量財寶運出去，他自己也難以脱身，但現在他的職權範圍如此之廣，就像是為了要使他在發掘寶藏之後隨心所欲而設的。

他不知道冥冥之中是不是有神祇，但是他可以肯定的是，如果有的話，那麼這個神，一定一直站在他的一邊。

當晚，他一直砍到了深夜，在砍深了約莫三十公分之後，他用電筒一照，深深地吸了一口氣；樹幹中，果然是空心的。

當年，設計這個隱蔽通道入口處的人，毫無疑問是一個天才。

他繼續砍着，直到他的手可以伸進那個洞去為止。

然後，他用雜草將樹墩掩蓋起來，準備明晚再來繼續工作。

一連六天，到了第七天晚上，他已經在樹墩上弄出了一個足可以供他落下去的洞，他上半身先探進去，在電筒的照射之下，他看到那個洞十分深，像是通向地獄一樣。他本來還有點擔心，樹根盤虬，會把原來留下的通道堵塞住了。如果是那樣的話，那又得費周章。

當年的設計人真是天才，在樹根部分，有寬大的鐵管，阻止了根部的蔓延，他甚至看到，鐵管的一邊，有粗大的鐵鏈懸着，可以供人攀緣而下。

他心跳得劇烈無比，雖然他一直有信心，相信那老人所說的一切是真的，但是他真正進入了神秘和古遠的傳說境地之中，那又不大相同了，那種無可捉摸的、前所未有的經歷，足以使人興奮得忍不住想大叫特叫。

他從弄開的洞中，鑽了進去，把電筒咬在口中，雙手拉着鐵鏈，鐵鏈極粗大，一環扣着一環，一直垂向下，向下再看去，不知道有多麼深。

他一直向下垂着，和手臂一樣粗大的鐵鏈，也一直垂向下，至少垂下了五十公尺，才到了近頭，在下垂的五十公尺的過程中，一直是在一個直徑約莫一公尺的圓管之中，深入地底之後，他感到有點氣息急促，一直到了腳踏實地，電筒的光芒可以十分肯定使他也知道，再也沒有別的出路了。然而，寶藏呢？黃金寶石呢？寶光會令人眼睛都睜不開來，那是那老人說的，可是現在，什麼也看不見，只是身在鐵管之中。

一定另外還有出路的，他變得瘋狂起來，在鐵管中撞着、跳着，不論他撞向任何方向，發出的聲音都是那麼結實，證明鐵管之外，就是泥土，不會再有別的出路，也就是說，沒有寶藏。

他在管子的底部，坐了下來，整個人像是在飄飄浮浮，他不想哭，可是眼淚卻像是泉水一樣湧了出來，多少年來的美夢，在以為一定可以實現時，卻幻滅了。那是什麼樣的打擊！

他像是一個夢醒了的人，也像是一個已死了的人，他不知道在管子底部坐了多久，才沿着鐵鏈，向上爬去，當他從樹幹中爬出來時，天色已然人明，幸好廢園中沒有人，也沒有人看到他。

自那晚之後，他每天都落到管子之下，他堅信，沒有人會無緣無故在一株大樹中挖空，又留下那麼巨大的鐵管，寶藏的入口處，一定在鐵管中，只不過他不知道秘密何在而已。

他開始咒罵那老年人，該死的老年人，只知道第一道入口，不知道進一步的秘密。

在接下來的日子中，他用盡了方法，可是鐵管看來只是鐵管，除了有一根粗大的鐵鏈之外，什麼也沒有，也沒有額外的通道。

他算是一個神經十分堅強的人，在經受了這樣意外的打擊之後，他居然還可以如常地工作，他日常工作十分繁忙，也包括了會見外國來賓，雖然有時，那是什麼性質外賓團，他都不清楚。

第七部

不久之前發生的一次怪異聚會

（時間拉近了，地點還是沒有變，人物又多了一些，發生的事自然也不同，不過也沒有什麼大的不同：「太陽底下無新事。」）

會見外賓，不外乎是寒暄幾句，握手如儀，十分輕鬆，當會見結束了正式的程序，開始主客之間的隨意交談時，忽然有一個人來到了他的身後，用一種壓低了的聲音（這種聲音使人聯想到鬼頭鬼腦，見不得光）道：「局長先生，雖然你找到了入口，可是好像並沒有發現藏寶，這真太惱人了。」

那語聲是突如其來的，他在那一剎那間，絕不認為那是實在發生的事，只當是自己日思夜想的一件事，忽然又想了起來而已。

所以，他自然而然的反應，是低嘆了一聲：「是啊，真是惱人——」

他只講了六個字，就陡然省起，那並不是自己腦中在想，而是確確實實，聽到了有人在那樣說，說的人就在他的背後。

可是他卻沒有膽子回過頭來看一看，他整個人像是浸在冰水之中一樣——事實上，他也的確濕了一大半，那是自他身上各處毛孔中冒出來的冷汗。人在極度的恐懼之中，一下子會冒出許多冷汗來，這是正常的生理反應，而這時的他，正常的生理反應，還包括了心頭狂跳、喉中發乾、雙膝發軟、身子發顫、頭皮發麻、眼前發黑等等在內。

他耳際轟然作響，多年來在風浪中打滾，自然懂得如何保護自己，可是這時，他卻如同被人從水中撈起來的一隻水母一樣，再也沒有任何活動能力。

聽來有點陰惻惻的聲音，又在他的身後響起：「局長先生，你臉色太難看了，抹抹汗，再說事情也不能說完全絕望。」

他眼前總算又能看到一點東西了，在晃動的人影中，他看到有一方手帕，向他遞來，他忙接了過來，在臉上用力抹着，同時，身子僵硬地轉過身去，看到了那個在他背後說話、洞察了他內心深處藏了幾十年秘密的那個人，當他望向那人的時候，眼中恐懼的神情，像是在望向執行他死刑的絞刑架。

他認出那人，正是剛才會見的外賓代表團中的一個成員，那是一個不知道什麼經濟代表團。那個人高而瘦，樣子有點陰森，雙目炯炯。他有點手足無措，不知該說什麼才好。

那人卻笑了一下：「局長先生，我們必須詳細談一下，你說是不是？」

他倒有點奇怪，自己在這樣的情形下，居然還能用點頭這樣的行動來表示同意，雖然在點頭的時候，他可以清楚地聽到自己頸骨由於過分的僵硬而發出的「格格」聲響來。

那人又向前指一指：「我，還有我的一位同伴。」

他又僵硬地轉過頭去，看到一個身形相當高大的西方人，正在向他打一個態度曖昧的手勢，他認出，那西方人，也是那個代表團的成員之一。

多年來養成的「警覺性」，使人感到自己陷進了一個巨大的陰謀之中，他將無法掙脱那個羅網，他的一切，包括生命在內，都可能一下子就結束。

所以，也屬於正常的生理反應，他的臉色，這時呈現着一種十分難看的霉綠色。

那人仍然壓低聲音：「局長先生，別那樣，我們一點惡意也沒有，請相信我們，大家的目的全是一樣的，你和我們合作，只會有更大的好處。譬如說，我就知道，答應替你弄一張巴拉圭護照的那個人，根本不可靠。」

他的身子把持不住發起抖來，那人連忙雙手按住了他的肩，裝成是十分熱情的樣子，搖着他的身子，他的那種極度驚懼所形成的反應，才不至惹人注意。

接下來，那人說什麼，他這個手握大權的情報局長，除了點頭外，還能有什麼別的動作？

於是，當晚十時，就在那巨宅的荒蕪的花園的一角，那棵老柳樹旁，三個人相聚，這次相聚，可以說是世上最奇怪的一次聚會，因為三個人身分竟然相差得如此之遠。當兩位客人報出自己的身分之際，他張大了口，好一會才發出「哦」地一聲來。

這三個人的身分是：

他：一個大城市的情報局長。

齊白：自稱是盜墓專家。

班登：本來是醫生，現在是歷史學家。

齊白，自然就是那個齊白，大家都熟悉的怪人，人類碩果僅存的盜墓專家。

班登，自然就是那個怪醫生，是在我們的面前玩了花樣，騙走了那怪東西，白素和我正在努力調查他的來龍去脈的那個。

那次聚會的時間，自然是在我第一次見到班登之前若干時日——至於究竟是多久之前，並不重要，所以不提，大凡神秘故事，隱約不去提及之處愈多，就愈可以增加故事的懸疑感。

我得知這次聚會的詳情，自然又是在若干時日之後，參加聚會的那三個人之中，有人對我作了詳細叙述，至於向我講的人是誰，是一個，兩個還是他們三個全部，基於剛才説過的説故事的原則，也就不必追究了。

局長先生的手還是冰冷和僵硬的，他和齊白、班登握着手，齊白的話很多，他聲音低沉，可能是天生的，並非故作神秘——事實上，他這個人本身已經是神秘的化身，根本不必再故作神秘的了。

齊白說着話，一面不斷玩弄着一個看來像是一塊小礦石一樣的鑰匙扣（別說局長，連班登也不知道，那塊小礦石，曾是一件「異寶」）。

齊白的開場白是：「局長先生，我們再一次保證，我們三個人合作，只有使事情進行得更完美，別説你現在根本沒有發現藏寶，就算已經發現，藏寶的數量之多，我看別説三個人分，就算是三十個人分，也沒有多大的分別。而且，你對外面的情形，一點也不瞭解，總需要一些朋友的。」

局長一面清着喉嚨，一面連聲説是，班登已拉開了遮住樹洞的雜草，發出了一下讚嘆聲：「多麼奇妙的設計，誰能想得到，在一棵活的大樹的中間，有着通道。」

齊白顯然比較現實：「局長先生，我早在二十天前已來到這個城市，你每天晚上的行動，我都看在眼裏，對不起，你怎麼又發起抖來了？我們是朋友，你不必害怕，我們可以互相利用。對了，我是盜墓專家，對各種各樣的秘道、秘密出入口，有着極深刻的研究，可是老實説，大樹中間是入口處，我也想不到，局長先生，你是怎麼找到它的？」

局長的聲音相當乾澀：「一個老人告訴我的。」

於是，局長就說了他和那個老人之間的故事，也就是記述在第六部分的那段。

齊白和班登用心聽着，等到局長扼要地講完，他們互望了一眼。

局長畢竟是一個十分精明能幹的人，尤其當他恢復了鎮定之後，他的聰明才智，就算沒有全部回來，只回來一半，也可以應付目前的局面了。

他用手電筒向樹幹上的大洞照射着：「我一直沒有找到藏寶，兩位可要下去看看？我看，當年告訴我秘密的老人，只怕也只知其一，不知其二。」

班登連連點頭，他的中國話說得流利之極，可是洋人在學中國話方面，總有點會觸礁的地方，這時他道：「當然是，而我看到的資料，那是『只知其二，不知其一』，配合起來，就是全部了。」

齊白咕噥了一聲：「只怕還有其三其四，那就麻煩。」

說着，三個人順序下去，一直到了管子的底部。局長的心中十分疑惑：「班登先生，你是西方人？怎麼會有這裏的藏寶的資料？」

班登聳了聳肩：「百多年前的大動亂，有不少西方人參與其事，有的，頗受禮遇，也有的，弄了不少寶物走，混水摸魚。我的一個遠祖，就是這樣的一個人，我在幾年前，偶然發現了他留下的一些資料……這些資料，改變了我的一生。」

局長實在很想問班登那些「留下來的資料」的詳細內容，但是三個人擠在直徑一公尺的圓管子的底部，無論如何不是作長篇敘述的好所在，所以他忍住了沒有出聲。

齊白道：「資料中提到的管子就是這裏了。」

班登點頭，「是。」他又望向局長，態度十分誠懇：「可是資料上沒有說如何才能進入這根圓管，要不是有那位老人告訴了你，秘密入口處是在一棵大樹中間，只怕再過幾百年，也不會有人發現。」

局長已來不及客套，他的聲音有點發顫：「你的意思是，藏寶處，真是由……這裏去的？」

班登點了點頭，齊白這時，已經在忙碌地工作着，班登也着亮了照明的工具——局長看了班登使用的先進照明工具，再看看自己手中的電筒，至少也明白了什麼叫做落後。齊白手中的工具相當小巧，也很怪，形狀無可形容，看來用途極多，而且隨着他手指的運作，那工具會變出許多部分來。

齊白主要的工作是蹲在管子的底部——局長和班登必須攀上鐵索，騰出空間來，讓齊白可以蹲下身子來活動——用工具中的小鎚子，不斷地敲着。

齊白敲的時候，側耳聽着。局長自己也做過這種檢查功夫，此際又感到那位盜墓專家，也不過如此，他提醒了一句：「聽聲音，下面並沒有通道。」

齊白「嗯」了一聲，忽然自他的工具，伸出了兩枝細長的金屬桿來。圓管的管身是鐵鑄的，管子的底部也是鐵鑄的，局長檢查過，嚴絲合縫，決無可能將之掀開。齊白的身子移動着，用手作尺，在圓形的底部量度着，一面抬頭，向拉住了鐵索、神情緊張的班登望了一眼，班登道：「太極圖的兩點。」

齊白的工具，這時已經按在管底的鐵板上當作圓規來用，先找到了圓心，再用半徑的一半當半徑，畫了一個圓圈，自工具中伸出來的金屬桿，尖端十分尖銳，在鐵板上劃出了淺淺的痕迹。

局長的雙手攀住了鐵索，向下看着，下面發生的一切，他全都看得清清楚楚，可是他又實在不知道齊白在做什麼。他一面疑惑，一面也有點不耐煩，他先乾咳了一聲，才道：「你……在幹什麼？」

齊白道：「找一個秘道的入口處。」

局長苦笑：「秘道的入口處？我已找了不知多久了，可以肯定沒有什麼秘道入口處。」

齊白絕不客氣地縱笑了起來，他的笑聲，在一個大圓管子之中，聽來格外的刺耳：「你肯定？你什麼也不能肯定，我一輩子和各種各樣的古墓打交道，我也不肯定任何事。」

局長的尊嚴受到了打擊，他有點惱怒，還是班登對他比較客氣：「我得到的資料，提到了一個大圓管子的底部，說是只要能進入那大圓管子的話，就可以在它的底部，發現另一個秘密。」

局長要確定自己的地位：「如果不是我，你們就找不到大圓管子。」

班登道：「是，所以我們才利益均分。」

局長感到滿意，他更全神貫注看着齊白的每一個動作，像是齊白的手中，忽然會有大量的珍寶像泉水一樣湧出來。

班登在解釋着：「我得到的資料，說圓管的底部，是一個無形的太極圖——」

他頓了頓，望向局長，局長忙道：「我懂得什麼是太極圖。可是——」

班登又道：「看不到有太極圖的圓紋，是不是？所以這才叫無形的太極圖，而找到太極圖上的黑、白兩點，那就是解開秘密的樞紐。」

齊白悶哼了一聲，指着他畫出來的那個圓圈：「這兩點，一定是在這個圓周之上，因為太極圖的那兩點的位置是在半徑的一半上，現在要把這兩點找出來。」

他一面說，一面把細鐵枝尖銳的一端，用力按在畫出的那個圓圈的圓周之上，緩緩移動。他這樣做，如果在圓周上有什麼機樞的話，就可以找得出來，自然，那還要憑他多年來尋找秘密機關的經驗和手上那種特別敏銳的感覺。

他全神貫注，移動得十分緩慢，隔好久，才長長地吁一口氣，或是深深地吸一口氣，班登和局長兩人，也十分緊張。

齊白一面還在喃喃自言自語：「我知道這裏一定有古怪，一定有。不論你藏得如何隱秘，我都會把你找出來，我是齊白，是世界上最偉大的隱藏秘密的發掘者。」

各位聰明的讀友，看到這裏，當然已明白，我這所以會知道那一段經過，正是齊白事後向我講述了事情詳細的經過之故了。

是的，一切全是齊白告訴我的，包括局長少年時期遇到了那個老人，向他說了藏寶處入口的秘密在內。

照齊白的說法是：一切全是一種不可測的力量安排的，一環扣一環，其中只要有任何一個細小的環節不同，就不可能有日後的結果。

環節包括：局長在少年時遇到了那個知道大柳樹中間是空的這個秘密的老

人，以及在以後幾十年的滄海桑田的變化之中，當年的少年成了身分顯赫的局長，可以佔據了巨宅的一角，來發現這個秘密。

環節自然也包括了班登偶然地發現了那些他祖上由中國帶回去的資料，也要班登相信資料所載的全屬可靠，使他毅然放棄了醫學，而轉向去研究中國歷史上的一件神秘的大事。

（關於班登所獲得的資料，為何會使得班登那樣感興趣，當然不單是為了藏寶的傳說，而另有別的原因。）

（這另外的原因，和這個故事的關係十分密切，也極其重要，所以會有一章來特別敘述，現在只是略提一提。）

（單是藏寶、錢財，打動不了班登醫生的心，因為班登醫生，確如我所料，由於他早就在醫學上有十分卓越的成就，所以會被勒曼醫院所羅致。雖然他未曾打入勒曼醫院那些天才醫生的核心組織，可是大家都知道勒曼醫院是幹什麼的，錢財對他們來說，根本不成問題，他們可以說操縱着世上所有的財富，能引起班登醫生異常興趣的，自然是別的重大的原因。）

（曾在《後備》這個故事中出現過的勒曼醫院，本來是在瑞士，在被我闖入了之後，他們就搬走了，在搬走的時候，並沒有通知醫院中的每一個人，班登也是未獲通知的人之一，但班登並不在乎，因為那時，正是他發現了資料、如癡如醉的時候。）

（最近，才有一位奇異的朋友，寫了一封信給我，告訴我他和勒曼醫院打交道的經過，看得我瞠目結舌，只覺得奇訝無比，這位奇異的朋友外號「亞洲之鷹」，他和勒曼醫院打交道的經過，記述在《蜂后》這個故事之中。）

當齊白向我說起一切行事的經過，講到他在圓管的底部，一面想把秘密找出來，一面在喃喃自語，稱他為全世界最偉大的隱秘發掘者之際，我由衷地鼓掌，道：「是的，你是。」

齊白當時聽了我的讚揚，十分高興，揚着臉，高興得意的神情，維持了好久。

當時在場聽齊白叙述的，還有別人，有白素，有胡說和溫寶裕，當然也少不了良辰美景。

齊白不該受了我一個人的讚揚之後還不夠，還想要所有人的認同，他向各人望去，各人都忙不迭點頭，表示同意，可是當他望到了良辰美景時，良辰美景同時一撇嘴，一副不屑的神情。

齊白的脾氣也怪，當場就臉色一沉，大是不樂：「怎麼？不是麼？」

我們都急於想聽結果如何，尤其是溫寶裕，忙道：「是，是，誰都說是。」

齊白更怒：「你說是有什麼用？她們分明認為不是。」

我還以為良辰美景又存心搗蛋，向她們瞪去，想警告她們別得罪齊白，可是她們的神情卻十分正經，良辰道：「不是我們不承認，而是你來找衛斯理，這證明你並沒有成功。」

美景立時接上去了：「是啊，沒有成功，怎麼稱為最偉大的隱秘發掘者？」

齊白悶哼一聲：「我不是沒有成功。」

良辰美景齊聲道：「你找到了藏寶？」

齊白卻又搖了搖頭，沉默不語。他正講到要緊處，忽然停下來不講了，急得溫寶裕抓耳撓腮，連連向良辰美景施眼色，作手勢，懇求她們別打岔，讓齊白順順利利說下去。

良辰美景也和溫寶裕施眼色打手勢，我也看不懂他們雙方想表達什麼，總之在眉來眼去一番之後，他們顯然達成了協議，她們道：「對不起，剛才我們說錯了，理論上來說，不管你成功還是失敗，只要沒有人可以及得上你，你就是最偉大的隱秘發掘者。」

齊白翻了一下眼，神情變得愉快了些，立即開始接下去敘述。

齊白的動作十分緩慢，突然之間，他停止不動，臉上立時閃耀出一種異樣的光輝，口中也發出一陣嘰嘰咕咕，莫名其妙，誰也聽不懂的聲音，那或許是盜墓人特有的一種神秘的歡呼，專為有所發現之際使用的。

然後，他用力把細鐵枝向下壓了一下，只聽得「啪」地一下響，向下壓去的細鐵枝被震彈了起來，在管底部的鐵板上，彈出一截短鐵棒來，有一掌高，手指粗細。

看到了這樣出乎意料之外的變化，局長先生目瞪口呆，班登也發出了一聲歡呼。

齊白抬頭向上望了一眼：「太極圖中的兩點，已經找到了一點，另外一點，再容易找也沒有。」

他手中的細鐵枝，迅速沿着圓周畫過，到了和那彈起的短鐵棒完全對稱處，用力按下去，果然，同樣的一根短鐵棒彈了起來。

局長呼吸急促：「接下來怎麼樣？」

班登的聲音也異樣：「先向左轉，十二度。」

齊白作了一個手勢，表示有點疑惑，略想了一想，才雙手各握住了短鐵棍，用力向左轉，可是卻又轉之不動。

班登跳了下來，和齊白一人抓住一支短鐵棍，雙腳蹬在管壁上，借用力道，管子底部的圓鐵板，發出刺耳之極的聲響，開始緩緩轉動了起來。

在那一剎那間，在圓管中的三個人，心中的興奮真是難以形容，若是環境許可，他們必然會大聲歡呼。

圓管底部的鐵板在轉動着，一則由於出力甚大，二則由於興奮，三則由於圓管底部空氣流通程度不大，所以班登和齊白兩人，滿頭大汗，甚至有頭上在冒煙的感覺。局長也感到汗水在背上流下來，即將發現寶藏的心境，把全身每一根神經，拉得都像是繃緊了的弓弦。

齊白剛才對班登所說「左轉十二度」的那一句密碼，表示了一點疑惑，因為一個圓周，可以分為三百六十度，也可以分為三十六度，前者是西洋幾何學上的分法，後者是中國傳統的分法，所謂「十二度」，不知道是指什麼而言。

當時，他的心中，也十分緊張，只不過他沒有將他的緊張表現出來而已。

他是長期盜墓掘古墓的人，而不分中外，幾乎毫無例外，古墓之中，都有着

「防盜」的設備，種種殺人的陷阱和機關，設置之巧妙，千奇百怪，匪夷所思，一不小心，跌入陷阱，絕無倖存。

這裏雖然不是古墓，但是牽涉到了大筆寶藏，防盜設備自然更嚴，若是轉錯了一些，觸動了佈置好的機關，會有什麼意外發生，實在難料。

所以，當圓形的鐵板，在兩人合力之下，開始向左轉動時，他十分緊張，但是，轉動了沒有多久，便傳出了「得」的一聲響，接着繼續轉動了同樣的弧度，又是「得」的一聲。

同樣的情形出現了三次之後，齊白大大地鬆了一口氣，班登也驚喜莫名，低聲問：「一下聲響？代表一度？」

齊白點頭，用舌頭舐了舐嘴唇，把淌下的汗水舐去了一些：「整個圓周是三十六度，十二度，是三分之一，只盼你別記錯了密碼就好。」

班登興奮得呼吸急促：「怎麼會，好多年了，我每天要念上好幾百遍，再也不會錯。」

兩人在說話之間，已將圓鐵板轉了十二度，班登道：「向右，轉回三度。」

圓鐵板在轉動了一次之後，再轉，就沒有一開始時那樣困難，很快轉回三度，班登又念：「左轉九度。」

他不住地念着，局長開始還想把密碼默記下來，可是十來句之後，他就記不住了，而密碼的句數極多（後來班登告訴他，一共三十三句），忽左忽右，轉得兩人身上的衣服全被汗水濕透了，班登才吁了一口氣：「這設計……像是把這塊圓形大鐵板當成了保險箱的鍵盤。」

齊白喘着氣：「可不是，轉完了之後，就會有通道出現。」

班登道：「資料上沒麼說，只是說三十三天，天外有天，三十三轉，地下有地。」

齊白點頭：「那就是了，上兩句是陪襯的話，下兩句才是密語，這鐵板，應該會有變化。」

這時，已經轉完了三十三次，可是他們三個人的目光，一起盯住了那塊鐵板，鐵板卻一點動靜也沒有，和沒有轉動之前一樣，和局長探索一無所得時也差不多，不過多了兩支短鐵棍出來而已。

等了幾分鐘，仍然如此，三人不禁發起急來，又不敢再胡亂轉動，齊白去按動那兩支短鐵棍，鐵棍彈了起來之後，再也按不下去，紋絲不動。

局長最早沉不住氣，啞着聲叫了起來：「這……是怎麼回事？」

齊白也大聲喘着氣，向班登望去，臉上已大有疑惑之色，班登也發了急：「一點也沒有錯，那三十三句密碼，我是絕對背熟了的。」

齊白仍然神情疑惑，班登又道：「那四句話，也沒有錯，表示鐵板下另有乾坤。」

局長惱怒：「那怎麼——」

局長的話還未曾出口，齊白和班登兩人，互望了一眼，陡然哈哈大笑了起來。

當齊白叙述到這裏的時候，我陡地揚起手來，望向四個小傢伙：「你們說，毛病出在什麼地方？」

溫寶裕最沒有耐心，首先叫了起來：「求求你，別在這種時候提無聊問題。」

我搖頭：「問題或許無聊，但是很值得動一動腦筋。」

溫寶裕仍然表示反對：「這種問題，買一本叫《頭腦體操》的書，有好幾百個。」

他硬是不肯動腦筋，我正想再說服他，良辰美景已一起笑了起來，一個道：「兩個人太興奮了。」另一個道：「沒想到自己還站在鐵板上。」一個道：「這種機括，大都精巧之極。」另一個道：「上面站了兩個人，多了百來斤——」然後兩人齊聲道：「就算有什麼變化，也無由發生。」

她們兩人嘰嘰呱呱說着，樣子又可愛，聲音又好聽，正好和我們想到的一樣，我正想誇獎她們思緒敏捷，溫寶裕已搶着道：「是不是，太簡單了，簡單到不值得動什麼腦筋。」

良辰美景氣得嘟起了嘴，溫寶裕還在得意洋洋，向各人看去，直到他看到白素正望着他，大不以為然地搖着頭，他才紅着臉低下頭去，自喉際咕噥了一句，像是初學的腹語，聽來不清不楚：「對不起。」

齊白的脾氣雖然怪，可是對良辰美景也十分有好感，後來還送一樣十分有趣且極名貴的禮物給她們，那是兩片配成一對的玉符，難得在兩片玉，顏色紋路，形狀大小，刻工花式，真可以説一模一樣，據齊白説，連重量也是分毫不差，正好送給她們這樣一模一樣的雙胞胎佩用。

良辰美景絕不是沒有見過寶物的人，可是見了那一對玉符，也是愛不釋手，「齊白叔叔」叫得人耳都聾了，齊白大樂，還答應日後若有有趣的古墓，帶她們一起去發掘，老少三人，鬧成一團，這是後話，表過就算。

局長先生還不明白他們兩人為何哈哈大笑，齊白和班登已經爭先恐後，攀着鐵索，離開了圓管的底部，他們的腳才一離開圓鐵板，發生的變化，看得他們三人目瞪口呆，全然出乎他們的意料之外。

他們已經知道，若有機關，一定十分精巧，可是卻也想不到竟然精巧到這等程度，兩人才攀上鐵索，那圓管底部的鐵板，就緩緩向上，升了上來，大約升高了五十公分左右，三個正待再一次發出歡呼聲之際，口倒是張人了，可是，歡呼聲卻變成了驚呼聲。

三個人之中，只有齊白，畢竟經驗豐富，在圓鐵板向上升上來之際，他已經聽到在圓鐵板之下，有異樣的聲音，傳了過來。

那種聲音才一入耳之際，齊白還分不出那是什麼聲音，但是隨即，不必他動腦筋去猜測那是什麼聲音，他已經知道了。

那是水聲，極其洶湧的水聲，水不知道是由哪裏湧出來的，急驟無比，自那塊升起了的圓鐵板下，直冒了出來，像是噴泉一樣，一下子就漲了半人來高，把在最下面的班登的小腿淹沒，而且，極快地過了小腿彎。

班登驚叫起來，局長也驚叫起來，齊白忙叫：「快，快向上攀。」

在最上面的是局長，他手足並用，向上攀去，鐵索相當粗，環和環之間，可供手拉腳踏，向上攀去，並沒有什麼大困難。

他們三個人也都身壯力健，向上攀去的速度，自然也十分快。可是，自下面湧上來的水，速度也快絕，一直在向上攀着的班登，小腿竟一直未能擺脫浸在水中，向上邊速漲來的水，像是一個怪物一樣，咬着班登不肯放。

班登一路發出害怕之極的聲音來，在攀上大約二十公尺之後，水漲得更快，這時，整個圓管，就像一口極深的井。

局長在最上面，發出沒有意義的驚叫聲，齊白在第二，水雖然未曾浸到他，可是當他在百忙中低頭一看，看到自下面湧上來的水，竟然已浸到班登的腰際時，他也禁不住叫了起來：「你的密碼不可靠。」

班登在吼叫：「快一點，我要沒頂了。」

班登僥倖未曾沒頂，在離出口處大約還有半公尺時，水的上漲勢停止了，那時，水已經浸到了班登的胸際，離沒頂也沒有多少了。

局長首先從樹洞中鑽了出去，齊白接着出來，月色之下，兩人面色煞白，等一會，未見班登出來，齊白向着樹洞，一面喘息一面叫：「你……還在嗎？」

班登的聲音傳了上來：「在，在。」

隨着他的回答，他全身濕淋淋地爬了上來，三人之間，自然以他的遭遇，最是狼狽。

第八部

不知道發生了什麼差錯

（十拿九穩的事，和一拿三穩的事差不多，都不完全可靠，事情有九成九希望，和沒有希望一樣，都可以在〇點一或〇點〇一上出差錯，變得什麼也不成功。）

班登是自樹中滾出來的，蜷縮着身子，好一會才慢慢把身子伸直，在月色下看來面色異樣之極。

三個人都不出聲，不但死裏逃生，而且，還沮喪之極，有遭到了被人欺騙的感覺。

局長首先打破沉默，語聲中帶着哭音：「發……發生了什麼事？」

齊白用手中的強力電筒，向樹洞中照了一照，光芒照耀之下，水光漾然，他道：「我們用極快的方法，造了一口深井。」

局長聲音中的哭音更濃：「開……什麼玩笑？什麼地方出了差錯？」

齊白顯然也有同樣的疑問，他也不知道什麼地方出了差錯，所以他立時向班登望去，班登搖頭：「我也不知道出了什麼差錯。」

齊白此際，心中極亂，像這種，地下水突然湧上來的情形，他也曾遇到過一次，看剛才的情形，圓管的下面，不是江，就是河，要不就是一個湖，不然水怎會湧得如此之急？

忽然之間，圓管變成了一口井，那怎麼辦呢？是不是藏寶在水底？需要配備，潛水工具，潛下水底去，才能發現寶藏？有這個可能，但是可能性小之又小。

因為一切，是在一百多年之前佈置下的，在一百多年之前，哪有什麼潛水設備，像這樣的一口深井，估計水深在五十公尺左右，絕不可能有什麼人有本領可以潛下去，別說在潛下去之後，還要去慢慢發現藏寶了。

齊白的心中疑惑之極，這時，他的疑心的矛頭，對準了班登，這一點，他已絕不在神情上加以掩飾，他冷冷地道：「或許，差錯是出在我太信任別人。」

他說這話時，是盯着班登的。

班登坐直了身子，神情十分惱怒。

在這時候，應該說一說這個怪醫生，是如何和齊白這個盜墓專家走在一起的經過了，對整個怪異的故事，很有點關係。

齊白的行蹤飄忽是出名的，而且他對古墓的眷戀，愈來愈甚，當他提到

「我在法國南部有一處住所」之際，請千萬別誤會他在里維拉海灘邊有一所別墅，那十之八九是法蘭克王國時期的一座古墓，而他在私自進入之後，就據為己有了。

所以，要找到齊白，是十分困難的事。

班登從立心要和齊白會面起，到真的和他見面，其間隔了足足兩年。這兩年的尋找過程，當然沉悶無趣，不值一記，值得一記的是班登要找齊白的原因。

而班登要和齊白會面的原因，也不必特地記述，只要看他們見面的經過情形，和他們相見之後的對話，就可以完全明白。

在經過了長時期的找尋，利用了種種關係，通過了種種方法之後，班登醫生終於見到了偉大的盜墓專家齊白，地點是在瑞士一個不知名的小湖邊，時間是黃昏時分。夕陽西下，湖面上閃起一片耀目的霞光，齊白懶洋洋地，連看也不看班登，自顧自把一塊一塊麵包，拋向湖面的上空，引得各種水鳥，爭相飛撲。

班登看到了齊白這樣氣派，再加為了要見他，確然花了不少心血，所以倒也不敢怠慢，戰戰兢兢，開口十分客氣：「聽說閣下對一切古墓……都有興趣？」

齊白只是「嗯」了一聲，不置可否。

班登又道：「如果不是古墓，只是……只是……嗯，只是……」

他連說了三個「只是」，並沒說出下文來。他每說一次「只是」，齊白就拋出了一大把麵包，三次之後，齊白又抓了一把麵包在手，看他的神情姿勢，像是要把麵包向着班登劈頭劈腦摔過來一樣。

班登忙以手臂護頭，急叫了起來：「真是十分難以形容——一處所在，必須通過種種秘密的通道，才能到達，那應該叫什麼？」

班登這一叫，居然平息了齊白的怒火——這自然是齊白天生對這樣的所在興趣濃厚之極的緣故。

他總算向班登醫生望了一眼，由於班登醫生的外形不討人厭，而且氣度軒昂。

齊白順手拋了手中的麵包，拍了拍手，和班登握了一下手：「那要看那個所在是作什麼用的而定，如果其中有屍體，那當然是一座秘密的墓地，如果不是——」

班登道：「和一個傳說中的巨大寶藏有關。」

齊白皺了皺眉，伸了一個懶腰，用不算是有禮貌的方式，表示了他對這個談話題材的厭倦。

班登不等他提出抗議，急急地道：「藏寶和中國近代史上的一個興起快、覆亡也快的造反行動有關。」

齊白常自誇，作為一個盜墓專家，絕不簡單，不但要有工程學。建築學、數學上的卓越知識，也要有歷史上的豐富知識，他對中外歷史，純熟的程度、就決不在歷史學家之下。

他一聽得班登那樣說，就反問：「太平天國？你是說他們？」

班登點了點頭，齊白「呵呵」笑了起來：「你是歐洲人？一定是你的祖先，曾在那個時期到過中國，幫過大清帝國，不但弄了一些中國古董回去，也弄了一個藏寶傳說回去，是不是？還是你忽然在滿是積塵的閣樓之中發現了你祖先的日記，記載着一個藏寶的傳說？」

齊白的毫不留情地譏諷，真能叫人臉紅耳赤，無地自容。可是班登十分沉得住氣：「你料中了一大半，的確是，我祖父的一個堂兄，在那個動亂的時代，在中國，參與了許多事，如今我來找你，就是因為看到了他留下來的一份資料。」

齊白又大聲打了一個呵欠：「太平天國的藏寶傳說，我可以隨便提供三千六百多個。」

班登的聲音很鎮定：「全是在天王府中？」

齊白怔了一怔，直視着班登：「天王府中藏寶的傳說，只有一個，據說珍寶數量之多，達到了驚人地步，但自從太平天國失敗之後，不知有多少人搜尋過，一無所得，有可能只是虛傳。」

班登的聲音沉緩有力：「那是因為藏寶處實在太隱秘的緣故，我得到的資料是——」

齊白一揮手：「給我看原始資料，我不要聽複述。」

班登點頭：「好，可是資料不在身邊，到我投宿的酒店，還是你的別墅？」

齊白想了想，指着湖邊不遠處，一幢上上下下，全叫「爬山虎」遮滿了的小屋子：「你立刻就來，我在那屋子等你。」

班登十分愉快，告辭而去，他們第一次見面，可以說十分融洽。第二次見面，班登提供的「原始資料」，包括他叔祖的日記、一張平面圖和若干別的圖片。

平面圖畫得十分潦草，可是一攤開來，齊白就「啊」地一聲：「令祖是到過天王府的，毫無疑問，看，這是外城太陽城，這一排圓點代表旗杆，這是牌樓，鐘鼓樓，天文殿，下馬坊，御河，朝房。再過去是內城，金龍城，金龍殿，穿堂二殿，三殿，一連七八進內宮……」

齊白如數家珍那樣指着那畫得十分潦草的草圖一口氣說下來，班登呆望着他，不必說話，神情上已表明他對齊白佩服得五體投地了。

因為他在得了那批資料之後，當然曾悉心研究過，知道草圖畫的是什麼，那些殿堂的名稱，他也記得滾瓜爛熟的了。

如今，聽齊白順口可以念出來，哪有不佩服之理。齊白卻只是不以為意地笑了笑：「凡是有類似傳說的所在，只要有可能的話，我都會研究一下，更要去實地考察一下，所以還記得些。」

班登由衷地道：「你太了不起了，我真是沒有找錯人，你曾去過？沒有發現？」

齊白道：「當然沒有，我勘察的結果，認為不應該從建築物的內部着手，應該在建築物之外，花園裏去找尋藏寶處的線索。」

班登張大了口：「為什麼？」

齊白攤着手：「一來是我的直覺，二來，這年巨宅，本來是清帝國的兩江總督府的舊宅擴建的，只怕玩不出什麼大花樣來。你祖叔的資料上怎麼說？」

班登忙揀出一些圖片和文字來：「不是很詳細，但是提到了花園和一根又粗又長的圓鐵管，算起來，那鐵管足有五十公尺高，直徑大約是一公尺，秘密的入口處，是在那大圓管的底部。」

齊白一面看着資料，一面搖頭。

然後，他又閉上眼睛一會，搖頭更甚：「整座建築物中，並沒有這樣的大圓管。如果有，可能是橫放着的，不然，必然是整個建築群中最特出的一點，決不會叫人視而不見。」

班登點頭：「是，有這個可能，如果是橫放的，那麼，這個大鐵圓管就可以在任何地方，例如西花園水池中的那艘石舫之下……」

齊白「嗯」地一聲：「你也去實地視察過了？」

班登點頭：「是，好幾次。我在獲得了這些資料之後，認為可信，放棄了醫生的業務，專攻中國語言和太平天國的歷史。」

齊白凝視了班登片刻：「真不容易。」

班登不無自豪：「我當醫生，也不是寂寂無名的醫生，曾在瑞士的勒曼醫院服務，你或許未曾聽過這醫院的名字，但那裏集中的，全是第一流的醫生。」

齊白側頭想了一想：「勒曼醫院，嗯，我聽說過，我聽我的一個朋友說起過，我這個朋友叫衛斯理，是一個……一個怪人。」

（這是他們互相在交談的第一次提到我的名字。）

班登立時道：「是啊，我也聽說過不少有關這位先生的事，嗯……我想我總要去見他一次的。」

齊白當時聽了，不以為意，只是順口回答：「那容易，我介紹你去見他，他一定見你的。」

（他們提到了我，就說了那麼幾句，沒有再繼續說下去，就擱過了一邊。）

班登又道：「可是，資料中，你看，又屢次提到了垂直的粗大的鐵索，和在那大圓管之中，看來，那大圓管，又應該是直上直下的。」

齊白皺着眉：「那麼就有可能，是埋在地下的。」

班登的聲音十分訝異：「深入地下五十公尺？」

齊白悶哼了一聲：「別大驚小怪了，中國人的工程能力極高，要一根圓管深入地下五十公尺，算是微不足道，秦始皇的墓地，範圍廣闊，超過五十平方公里；大部分都深入地底，超過一百公尺。」

班登不由自主，吐了吐舌頭。他的儀容神態，本來是相當高貴的，但是聽得齊白這樣說，他也不由咋舌。他道：「若是埋在地下的，那麼入口處在什麼地方？」

齊白翻着資料，資料並沒有提及這一點。他沉吟了片刻：「要是叫我來設計，我有幾個選擇，我會選擇一口現成的井，來作為入口處。」

班登搖頭：「井裏是有水的。」

齊白道：「可以是枯井，也可以把井水弄乾之後才現出管來。自然，也可選擇一些輕便建築物的底部，例如一座亭子的下面等等。」

班登嘆了一聲：「總之在偌大一座巨宅之中，任何一個角落，都有可能。」

齊白手指在桌上敲着：「且不去管他，這一連串口訣一樣的密碼，你全都解出來了？你知道『左轉地支數』是什麼意思？」

班登點頭：「知道，向左轉十二，十二度，或十二次，總之是十二。這些句子中，一共三十三句，每句都隱藏着一個數字，例如『竹林賢人』是『七』，『子曰：必有我師』那是藏了一個『三』字，『花信年華正可人』，是藏了『二十四』。都和中國的民間傳說、文學作品、各種雜學有關。」

班登一面說，齊白一面點頭，班登吁了一口氣：「單為了弄清楚這些，就不知道花了我多少功夫。」

齊白笑：「其實，你只要拿去給普通程度的中國人看一看，一小時之內，他就可以解出來的。」

班登苦笑：「這些密碼，關係着開啟一個大圓蓋子的秘密，我怎能隨便給人看？」

齊白連連點頭：「說得也是，看來，只要找到了那圓管，就一切順利了，圓管的底部，是一個太極圖，隱形太極圖，暫時不知是什麼意思，那兩點，是很容易發現的。」

齊白在自言自語時，班登吸了一口氣，提出了他的要求來：「你可願意和我一起去？」

齊白向班登望去，班登忙道：「所得，一律均分。」

齊白已經在各種古墓之中，不知斂聚了多少財寶，但一則貪財是人的本性，二則，在尋找這樣的一批藏寶，對他的興趣來說，是一種挑戰，如果成功，可以使他得到高度的滿足。

所以，他略為想了一下，就一口答應。

於是他們就開始籌備，由於行事的地點十分特殊，他們必須加倍小心，還得先掩飾身分混進去，才能在有限的活動條件下行事。

可是事有湊巧，他們每晚到目的去，四處尋找，第三天午夜時分，就發現了有一個人，在一株大柳樹上，用力砍着。

當時，他們兩人看到了這種情景，而且齊白認出了那個砍樹的人的身分，兩人的訝異，真是難以形容。

一連幾天，他們都在偷偷注意砍樹者的行動；等到局長砍出了路洞，鑽身進去時，他們兩人也窺伺在側，兩人同時想到：那根大圓管的入口處，竟然是經由一棵大柳樹中空部分下去的。

這種設計，說一句「巧奪天工」，實在十分恰當。

他們不知道局長先生是如何會發現這個秘密的，當時他們認為局長以他的工作崗位的方便，能得到大量的資料，所以才知道了這個秘密的。

他們兩人的心中都十分緊張，尤其是班登，更是沮喪之極。因為既然局長已知道了入口處的秘密，那麼整個寶藏的秘密，他可能早已全部知曉，他們來遲了一步，有什麼辦法可以在局長手中分一點寶貝到手？班登自然而然感到自己幾年來的苦心，全都白費了，在黑暗之中，他臉色之難看，真是難以言喻。

齊白也很懊喪，可是他頭腦比較機靈，或者說，他的想法，比較傾向於犯罪，他立即想到了一個問題：局長為什麼深更半夜，一個人行事呢？以局長的地位而言，若是沒有私心，就算發掘藏寶，作為國家機密處理，也決無要局長大人半夜三更自己來動手之理。

而局長的行動這樣古怪，那當然非奸即盜，大有問題。只要局長是在進行非法行為，那麼他們「見者有份」，就大有可為。齊白甚至已打好了主意，只要局長一出來，就上前截劫，他料定局長心中有鬼，必然不敢聲張，那麼情形只有對他們更加有利。

因為他們就算發現了寶藏，也很難把大量珍寶偷運出境，如果情報局長伙同他們一起，那麼，走點私兒，自然不算什麼了。

當時，齊白把自己的打算向班登一說，班登眨着眼，雖然覺得如此行事，未免卑鄙，但是繼而一想，自己私自來發掘藏寶，行徑也未必高尚，自然也同意了齊白的方法。

當局長在圓管子沒有發現什麼，十分沮喪地爬出來之際，他再也想不到危險四伏。而齊白和班登兩人，一看局長那種如有國喪的神情，也一下子可以肯定，他在下面，並無發現，兩人自然也按兵不動。

他們在局長離開之後，迅速進入樹腹，進入了那圓管，到了圓管的底部。這時，他們已經肯定，這就是他們要找的地方了。

本來，他們可以立時動手，探索進一步的秘密——這一部分的秘密，班登早已掌握瞭解釋的鑰匙，進行起來應該沒有問題的。

可是由於環境的特殊，他們兩人都想到了一個問題：局長的行動可疑，會不會是早已發現了他們的行動，故意佈下陷阱，引他們跌進去的呢？

反正事情不進行則已，一進行，十拿九穩，再觀察多些日子，也不算什麼。

他們商議定當，就離開了圓管，一連三天，都來觀察局長的行動，局長的行動每晚一樣，顯然是想在圓管中發現秘密，但卻又一無所獲。

齊白和班登也知道，局長若是沒有掌握進一步的資料，想要發現秘密，幾乎絕無可能。他們由於是外來者，沒有可能在一個地方公開停留太久，所以他們只好暫時離開，然後，再以一個什麼代表團的成員的身分進入。

那已是一個多月之後的事，開始時，他們心中，十分不安，怕在這段時間中，事情有了變化。可是到了晚上，看到局長仍然是空手進去，空手出來，神情失望得已面臨精神崩潰，他們知道局長一定沒有任何發現。於是，他們就決定正面和局長談判，訂定一個雙方有利的方案。

當他們得悉局長準備一發現藏寶，立時遠走高飛，到外面廣闊世界好好去享受之際，他們更是高興，因為那對他們更加有利。一切都極順利，他們在局長面前，揭開圓管底部的秘密，滿心以為大量珍寶可以用大帆布袋來裝載之際，卻是急流湧現，那管子被湧出來的水灌滿，班登還幾乎被淹死在圓管子中，什麼藏寶，全成泡影。

一定有什麼地方出了差錯。

可是差錯出在什麼地方呢？

齊白在十分失望之後，懷疑起班登來，自然大有理由。因為他得知整件事，得知的所有資料全是由班登提供的，若是班登隱瞞了一些資料，因而出了差錯，那麼追根究源，差錯自然是在於對班登太信任了。

班登對於齊白的指責，一副不屑多辯的樣子，齊白也舉不出班登會欺騙他的證據，對班登的指責，也只能到此為止。

三個人又維持了一陣子沉默，局長陡然慘叫起來：「你們不要緊，我……我怎麼辦？」

齊白苦笑了一下：「還繼續當你的局長，反正貴國多的是古墓，要是你發現有什麼值得發掘的，不妨通知我一下。」

局長汗珠涔涔：「你們不會……出賣我？」

齊白嘆了一聲：「出賣你會有什麼好處？我們資本主義社會中的人，做什麼都講好處，沒有好處的事不會做，你放心好了。」

局長的喉際發出一陣奇異的聲響來：「會不會在水底下，潛水下去，會……有發現。」

齊白自然也想到過這一點，這時，他略挺了挺身子：「可能會有所發現，但那需要許多特殊的配備，除非你能保證行事時不被人發現，不然，一叫別人有所發現，必起疑心，那就羊肉吃不着，反惹了一身羊騷臭了。」

局長雙手緊握着拳：「我一定要試一試，一定要，請你們從外國帶設備來，我可以運用權力，批准你們帶進來，不會被人知道。」

齊白深深地吸了一口氣，點了點頭。

第九部

「不到黃河心不死」

（當然又是失望，不然，這批藏寶出現一事，早已轟動世界了，只不過藏寶雖未發現，那位局長，倒成了世界矚目的新聞人物，有關他的消息，傳說紛紜，神秘莫測，牽涉極廣，不過和本故事全然無關。）

「不到黃河心不死」這句話是什麼意思，人人都知道。可是若是細想一下，這句話實在不通之至。為什麼「不到黃河心不死」，到了黃河就心死了呢？「黃河」在這裏代表了什麼？有什麼特殊的意義，還是任何地點，如長江、青海可以代替？

這不必去深究了，總之這句話是說人要一試再試，不到最後關頭，就不肯死心。

齊白、班登和局長三個人的情形，正是如此，奇怪的是，班登對再試一次，潛到水底下去的行動，不是十分熱心，離開之後，齊白準備器材，班登卻表示，他要退出，不想再參加了。

這令得齊白驚訝無比，因為班登在這個上頭，花了許多年時間，甚至改變了他的一生，可是這時，反倒是他最早要放棄。

齊白沒有問他「為什麼」，只是緊盯着他看，想用凌厲的目光，把他內心的秘密擠出來。班登卻只是轉動着酒杯，緊一口慢一口地喝着酒。

智。」

過了好一會，齊白才道：「好了，為什麼？」

班登的回答，顯然不是真情：「我感到疲倦，我感到無法和中國古人鬥智。」

齊白悶哼了一聲，神情不滿之至。

班登又道：「而且我也料定了不會有發現，況且太危險，出了事，和在非洲叢林中出事一樣。」

齊白再悶哼了一聲，班登也默然不語。

當一瓶酒將盡，兩人已明擺着不歡而散的了，班登忽然問：「你進入古墓，通常，是不是避免和屍體接觸的？」

齊白沒好氣：「我不知你這樣問是什麼意思。」

班登吸了一口氣：「我的意思是……是……」他現出十分難以啟齒的神情，用力揮着手，像是這樣就可以把難說出口的話講出來。

齊白嘆了一聲：「你想說什麼，只管說吧，雖然我不知道你要退出的真正原因。」

班登紅着臉，但是一下子，他的臉色又變得十分白，由此可知，他情緒波動，十分劇烈，他深深吸了一口氣，才道：「你有沒有進入過埋葬太平天國主要人物的墓穴之中？」

齊白搖頭：「沒有，太平天國主要人物？好像沒有一個有好下場的，他們經歷的時間太短，短得還未曾來得及為他們自己經營墳墓，就已經在歷史舞台上消失了。」

班登又吸了一口氣，問了一個更怪的問題：「那樣說來，要看到那幾個人……就是太平天國幾個首腦人物的遺體，是沒有可能的事了？」

齊白訝異莫名：「你要看到那些人的遺體？為什麼？」

班登神態更異，急速喘着氣：「別問我為什麼，回答我的問題。」

齊白想了一想：「沒有可能，那些人，有的死在刑場上，有的死在戰場上，有的死於自相殘殺，有的根本下落不明，沒有一個『善終』的，過了那麼多年，怎還有可能看到他們的屍體？」

班登喃喃自語：「那麼，他們……是什麼樣子的，也不會有人知道了。」

齊白在那一剎那間，若不是他和班登相處已久，幾乎就要當班登是低能者了，他瞪着班登看着，可是班登卻在這個問題上，有着一種鍥而不捨的興趣，他又道：「太平天國的領袖，都絕對反對人家替他們畫像，所以，他們根本沒有肖像留下來，甚至於在風格寫實的許多壁畫中，也是一律沒有人像的。」

齊白有點疑惑：「好像有『天王洪秀全肖像』這樣的圖像。」

班登搖頭：「只是一些畫家的偽托，沒有確實的證據可以證明那是本人的寫生。」

齊白一面犯疑，一面覺得好笑：「請問，你想證明什麼？或者說，你想弄清楚什麼？」

班登欲語又止，神色陰晴不定，最後，他嘆了一聲，緩緩搖着頭：「不知道，真的，我不知道自己想弄清楚什麼，不知道……」

從他的神態中可以肯定的是，一定有什麼問題在困擾着他，齊白這時相當不高興，因為他也看出，班登必然有一些重大的事在瞞着他。

但齊白只當班登心中的秘密是另一件事，和藏寶一事是無關的，每一個人心中都有秘密，他自然不會去尋根究底下去。

他正想盡最後的努力，說服班登去進行潛水尋寶，可是班登已問道：「那位衛斯理，若是我想見他，你可以替我安排？」

齊白道：「可以，你準備什麼時候去見他？」

班登遲疑了一下：「現在還不能決定，我只是想……」

齊白怒道：「你想什麼時候見他就什麼時候見？你當人家是什麼人，就等在那裏，等你召見？」

班登忙道：「不，不，我不是這個意思，只是……我在真正有需要時，才去麻煩他。」

齊白沒有好氣地「哼」了一聲：「你直接去求見，就算打着我的招牌，人家也不一定會見，而且他行蹤飄忽，甚至可能根本不在地球上……這樣吧，我給你幾個人名和他們的電話，你和他們聯絡，有需要的話，他們可以安排你見到衛斯理。」

（齊白給班登的幾個人名之中，就包括了那天晚上那個音樂演奏會的主人在內，我就是在那次，第一次見到班登的。）

（而班登要見我的目的，就是提了一個那樣的問題：為什麼太平天國的壁畫之中，沒有人像。）

當下，班登把齊白提供的幾個名字，小心記了下來，看起來，一副認真的樣子。

那惹得齊白忍不住問：「你想見他，想解決什麼疑難雜症？」

班登苦笑了一下：「還不能確定。」

齊白也就沒有再追問下去。

（後來，在我和他的交談中，他一面講述着事情的經過，一面也好奇在問：「他見到你了？他向你問了什麼？」）

（我把班登的問題告訴了他，齊白目瞪口呆，連聲說：「真怪，真怪，他對太平天國的人像，為什麼竟然有那麼濃厚的興趣？」）

（齊白的疑問，也正是我的疑問，在那時，當然沒有答案。）

齊白再一次勸班登，班登堅決地搖頭表示拒絕，齊白也無法可施，只好單獨成行。

那位局長盼望齊白再來，當真是如大旱之望雲霓，齊白帶了配備前來，當夜，兩個人就一起潛下那個圓管去（局長堅持要一起下水）。

圓管的管壁有粗大的鐵索，配上了潛水設備，要下水並不是十分困難的事。由於事先就考慮到了圓管活動範圍不是太大，所以壓縮空氣筒，齊白準備的也是扁平的那一種。

潛進水底去探索古墓，對齊白來說，並不是第一次了，他曾有過一次，在河底潛行了將近一公里，才找到了一座古墓的入口處。但是像這樣，在一個直上直下的圓管子之中潛水，倒是新鮮的經驗。

他在下面，局長在上面，抓住了鐵索，向下面沉去，強力的水底照明燈的燈光，可以射出相當遠，也可以看到，水十分清澈，那不知是由什麼地方湧進來的水，竟然相當溫暖。

沒有多久，就已經沉到了圓管的底部，看到了那個圓管底部的圓形鐵板。

當時，由於變故發生得實在太快，他們只看到鐵板向上升起，水已如同噴泉一樣噴了出來，根本未曾看清楚詳細的情形。

事後思索，齊白也曾想到，那圓形鐵板，和圓管的管徑同樣大小，就算向上升了上來，有了空隙，水也不會冒得如此洶湧快疾的，他想來想去想不出緣故來，直到這時，又到了管子底部，他才看清，圓形鐵板的上升部分，只是鐵板的五分之四。也就是說，鐵板的直徑是一公尺，上升部分，只是八十公分左右，四周圍都有大量的空隙，所以水流才來得那麼急驟。

而出現的那個空隙，既然只有二十公分寬，自然也沒有可能供人鑽進去，他們兩人只好把照明工具盡量伸進去，側着頭，向前看着。

光線可以射出約莫三四公尺的遠近，在光線所及的範圍之中，全是水，看來那像是一個奇大無比的地下儲水庫。

齊白既然是盜墓專家，對於各種地質構成。形態狀況自然也有一定研究，可是這種「地下水庫」，他卻也未曾遇到過。

他和局長在水中打着手勢，局長指着升起來的圓鐵板，做了好幾個堅決要將之移去的手勢。的確，如果能將這塊升起來的圓鐵板弄走的話，人就可以潛進那個「地下水庫」之中，去繼續進行探索。

齊白取出了可以令視線轉折的工具來，伸進隙縫之中，自己先看了看，再示意局長去看。兩人看到的情形，自然相同，他們看到，在鐵板下，有兩根支柱和許多齒輪裝置，一大一小，那些齒輪裝置都是聯結在一起的。齊白是這種裝置的專家，一看就知道這種機械裝置，有效期可以維持幾千年，那自然是令得鐵板在通過了一定程序之後，向上升起的動力。

要把那塊鐵板和那些裝置弄走，也不是什麼難事，齊白估計，一次小小的爆炸，就可以達到目的。

齊白和局長打着手勢，示意先上去商量一下再說，兩人又一起拉着鐵索，到了地面上，才從樹洞中鑽出來，局長就疾聲道：「毫無疑問，只要能通過去，寶藏一定在水底。」

齊白略想了一想，他沒有局長那麼肯定，自然，那也是說他就算發現不了寶藏，日子也過得很好，不像局長那樣，畢生的希望都放在這個藏寶上，除此之外，生命再無意義，所以他道：「有可能。」

局長首先提出：「炸掉它。」

齊白反問：「安全嗎？」

局長伸手一指四周圍：「水底爆炸，不會有聲浪，這裏全由我控制，就算有點聲音，也不會有人來追究。我們一直在進進出出，可有誰來干涉過？」

齊白想了想，覺得局長的話，算是有理，他也知道，就算有點意外，局長以他的官位，也可以控制得了。可是他總覺得有點問題，但在那時候，他卻又說不上問題是在什麼地方，所以，他的神態有點猶豫。

局長卻已大不耐煩，催道：「你在想什麼？你不會使用炸藥？」

局長這樣問，那對盜墓專家來說，是一個極大的侮辱，齊白使用炸藥的本領已到了出神入化的程度，他甚至可以把炸藥放進雞蛋中，把雞蛋在人手中炸掉而絕不傷害人。他也可以通過精巧的計算，用炸藥在山中開道。所以，當時為了維護他的威名，他雖然覺得有點不對頭，他也沒有多考慮。

齊白立時道：「好，就用炸藥，你以為我不想發現藏寶嗎？」

他一面回答，一面已在心中計算着應該使用的炸藥的分量，然後，他帶了炸藥，再潛下去，只花了二十分鐘，就一切佈置妥當，又爬出了樹洞，將連結引爆炸線的裝置，交在局長的手中，向一個按鈕指了一指，示意局長，只要按下按鈕，爆炸就會發生。

局長伸出手指來，伸向按鈕，他由於心情緊張，手指在劇烈發着抖。

齊白説到這裏，停了下來，現出十分懊喪疲倦的神情，伸手在臉上用力撫抹了一下，又喝了一大口酒。從他的神情看來，不像是故意的賣關子。

良辰美景十分機靈，善於鑒貌辨色，立即問：「又出了什麼差錯？」

齊白苦笑了一下，伸手去抓酒瓶，溫寶裕忙把酒瓶遞給了他，他仍然不説話，望向我們每一個人，這時，他沮喪的神情消退，反有挑戰的神色。

我吸了一口氣：「你曾説，水從圓管的底部漫上來，一直漫到離圓管口多少才停止？」

齊白望向我，面上大有佩服的神情，那當然是由於我一下子就問到了問題的關鍵所在之故。

他道：「到了離管口三公尺時，曾停了一停，但後來，直漫到離管口只有半公尺處。」

我道：「齊白，你犯了一個大錯誤，你應該知道，水有維持水平的特性，不論圓管中的水自何而來，溢進圓管之中，到什麼高度下止住，這就表示『地下水庫』的水位，也恰在這個高度。」

我這幾句話一說出口，所有的人，都發出了一下「啊」的低呼聲，顯然他們也明白我何以要提出這個問題來了。溫寶裕還立時補充了一句：「圓管子會起『毛細管作用』，事實上，『地下水庫』的水位，可能略低一些，低二十公分左右。」

良辰美景吐了吐舌頭：「那也就是說，在那一帶的地面，厚度不到一公尺，一公尺以下就是地下水。那一帶的地面，簡直是一層薄殼，要是一不小心，弄破了這層薄殼——」她們講到這裏，又吐了吐舌頭，住口不言，用一種相當古怪的神情，望定了齊白。

胡說搖頭：「要是弄破了薄殼，那麼，自然這一帶全成澤國，我想……結果會大地崩裂，出現一個人工湖？」

齊白悶哼了一聲，又喝了一大口酒：「和你們這些人說話倒十分愉快，明人不必細說，一點就明白。」

溫寶裕挺了挺胸，看他樣子，一副當仁不讓，想說幾句話來誇耀一下自己。良辰美景衝他一瞪眼：「別又吹牛了，那怪東西是什麼，怎麼來怎麼去的都不知道，還好意思吹牛。」

兩姐妹的一盆「冷水」，把溫寶裕的話，淋得縮回了口中，只能連連翻眼。

齊白又道：「當時我不是未曾想到這一點，就在局長發抖的手指將按未按之際，我已經想到了——」

局長的手指將按未按之際，齊白陡然想到自己是為什麼感到不安了。他想到，地下水像是一個大水庫，在地下，地面層不是太厚，爆炸在水中會形成一股向外膨脹衝擊的力道，這是水中爆炸必然會產生的物理現象，一般來說，會在水面上發生浪花水柱，如果地下水緊貼在地面，那麼，地層如果不夠厚，就會因為抵受不住水浪的巨大衝擊力而崩裂。

崩裂有延展性，延展的程度如何，自然要視乎地層結構的穩定程度而定。

齊白已想到了這一點，也就是說，他想到，局長的手指一按下去，爆炸一被引發，可能引起相當程度的災變，但是他卻並沒有制止。

他沒有制止的原因，一來是知道局長的心情已焦躁得不受控制的程度，一定不會聽自己的解釋。二來，他估計「地下水庫」和地層之間，會有一點空隙，只要有一點空隙的話，那麼，就可以把爆炸產生的衝力消解，也就不會有什麼問題了。

所以，他並沒有制止，而局長的手指，也在這時候，按下了這個掣。

在水底發生的爆炸，幾乎沒有任何聲響，只是在突然之間，那株大柳樹的樹幹中，冒一股水柱，甚至不是十分粗和急。

可是，就在冒出來的水柱還未曾散開之際，齊白已經覺得不對了。

先是那株大柳樹突然傾斜，接着，齊白感到自己站立的地方，在迅速發軟。

齊白由於長期在地底生活，對於各種災變，有異乎尋常的敏感——很多習慣地底生活的動物，都會有這樣的本能，例如地鼠能預知地震，煤礦中的老鼠能預知礦崩，等等，齊白這方面能力，遠在常人之上。

他知道會有變故發生了，立時大叫起來：「跟着我跑，快！」

他一面叫，一面撒開雙腿，向外便奔，局長先是呆了一呆，可是在一呆之間，他眼前的那株大柳樹，已經有一半，陷進了地中，而且，他感到地在動，站立不穩，齊白已奔出了幾十公尺，又叫了第二遍，局長才跟着他向前奔出。

齊白和局長兩人奔出了不到一百公尺，身後已傳來驚天動地的聲響，他們繼續向前奔着，一直奔到了一幢建築物之前不遠處，才停了下來，當他們回頭看時，看得目瞪口呆，只見地面大片大片在塌陷下去，水花水柱，隨着坍陷的地面，濺起老高，發出的聲響，自然也驚人之極，但一切歷時不到三分鐘，在他們面前出現的，是一個在面積上相當於廢園的大湖。

這時，自然是四面八方，人聲鼎沸，「地震了」，「地震了」的叫聲，聽來淒厲無比，此起彼伏。齊白和局長兩人，目瞪口呆，都不由自主，出了一身汗。

齊白伸手抹了抹汗，以他的經驗而論，他自然知道，災變來得如此快、來得如此大，自然也是當初機關佈置下來的。

佈置者想到破壞者可能用到炸藥，所以就設計了一炸就引起災變的結果。

齊白這時，倒真的可以肯定，必然有大量珍藏在這個藏寶的所在，因為若是沒有藏寶的話，何必作出那樣巧奪天工又困難無比的佈置？

局長呆若木雞地站着，新出現的湖，湖面洶湧，但也在迅速平靜下來。在嘈雜的人聲還未曾湧進園子來之前，他問了一句：「怎……麼辦？」

齊白當然不準備再「玩」下去了，他的回答是：「我把所有設備留下，你可以把潛水當作業餘嗜好，一有空，就潛到湖底去，說不定可以發現藏寶。」

局長雙手緊握着拳，樣子有點像發了瘋的狗，齊白自然無意和他再多相處，轉身就走，局長好像還在大聲叫他，可是這時，諠譁的人聲，已經從四面八方，潮湧而至，他也不能肯定局長是不是叫過他了。

齊白為了怕惹麻煩，漏夜離開，他、班登和局長三個人的聯合尋寶行動，就此結束。

他離開之後，留意着事後的變化，卻得不到任何消息，那是一個什麼消息都可以封鎖得住的地方，局長自然可以推說那是一次小小地震，反正誰也不會注意，巨宅的園中多了一個湖，又不是什麼大事，哪裏打聽得出什麼消息來。在離開之後，想和班登聯絡，可是卻怎麼也找不到班登。

那時，齊白也不以為意，仍然過着他行蹤飄忽的生活，不久之前，他還在泰國北部的清邁；還在那裏，用一張有數字和英文字母的水印的信紙，寄了一封信給我，這是我在敘述這個故事之際，一開始就提到的，當時，我還以為他用那種特別的信紙寫信給我，大有深意，後來自然知道並沒有特別用意，只是恰好他用了這樣一張信紙而已。

他在寫了信給我之後不久，據他自己說，他是在一次參觀一間佛寺之際，突然想起了那次尋寶事件來的——本來，他已然將之置諸腦後的了。

他在參觀那座佛寺之際，一個嚮導指着一座相當高大的佛像，對他說：「這佛像，以前放在佛座上的一座，是純金的，後來，在戰爭中，被人偷走了，所以才又塑了現在的這座放上去。」

齊白只是笑了笑，他知道，一般人對黃金的重量，不是很有認識，所以才有種種的訛傳，這樣的一座佛像，若是純金，那會有好幾千噸重，誰能搬得走？

可是，就在他的笑容還未曾消失之際，他心中陡地一動，想起了圓管尋寶事件來，剎那之間，不禁目瞪口呆，因為他想到了一個十分重要的關鍵問題。

同時，他也想到，班登忽然對水底尋寶失去興趣，一定有原因，而且這原因必然是對他這個合伙人有所欺瞞的一種行為。

齊白很不能容忍他人對他的欺騙，所以他決心要把班登找出來，他離開了泰國，追尋班登的下落，一直追查到了那次音樂會的主人身上，才知道班登曾到過他那裏，並且曾和我聯絡過。

他立時和我通電話，我接到他的電話時，正是這個故事第五部的結束部分，班登欺騙了我們，拐走了那個怪東西，白素和我正在傾力追尋他的來龍去脈之際，所以我在電話中一聽到齊白提起了「班登」的名字，就對着電話吼叫：「你這傢伙，介紹了一個什麼怪人來找我？這個怪醫生……」我一時之間，不知如何形容班登才好。

齊白急忙問：「他在哪裏，我要找他。」

我大聲喝：「我也正在找他，你在哪裏，限你一小時來到我面前。」

齊白苦笑：「我在瑞士，怎麼也不能一小時之後出現在你的面前。」

我也不禁笑了起來：「或許你掘一條地道來，會快一點。像你這樣，實在應該學學五行遁甲中的『土遁法』，中國古代就有人會這種法術，那個人叫土行孫。」

齊白啼笑皆非：「去你的，我盡快來就是，關於班登這個人，我有很長的故事。」

我放下電話之後不久，白素回來，沒有什麼進一步的發現，我告訴了她齊白的電話，白素訝異：「那……怪東西……會和古墓有關？」

白素由齊白要尋找班登這一點上，立時聯想到了那怪東西和古墓有關，這倒令我也呆了一呆：「那要等齊白到了才知道，齊白說有極長的故事，和班登有關。」

第十部

班登是為了什麼

（班登的行為，自然是這個故事的最主要關鍵，所以才有了這一章的標題。）

齊白的確以最快的時間出現在我的面前，我已預知他要來，所以召集了各色人等，來聽他講述有關班登的事，齊白講得十分詳盡，那包括了這個故事的第六部、第七部、第八部和第九部中所發生的一切。

當齊白說到關於班登有很長的故事要說時，再也想不到內容竟然會如此豐富。在聽齊白叙述的時候，所有人各有各的反應，已經擇其重要者記述下來了，無關緊要的，自然不必再提。

齊白的叙述總告一段落，他在最後，自然是有意賣了一個關子。為什麼他在泰國的一座廟中，看到了佛像，就忽然想起了一個重要關鍵問題呢？我想這時候每個人心中都在想，可是沒有人開口問他。

齊白連連喝着酒，良辰美景望着他，抿着嘴兒笑，神情頗是狡猾，齊白瞪眼：「兩個小鬼在想什麼？」

良辰美景齊聲道：「齊叔叔一定是在古墓中太久了，沾的陰氣太重，所以才要借酒來驅趕一下。」

齊白笑罵：「把我當死人了？班登那傢伙怎麼又會和你們泡在一起的，說來聽聽。」

他說着，向我望來，他一到，我們就逼他先說他和班登打交道的經過，所以他不知道班登在這裏做出來的事，驚險刺激，不在他和班登的交往之下。

我從十個木乃伊變成了十一個木乃伊講起，一直講到那怪東西被他冒了「原振俠的朋友」之名弄走了為止。其間自然少不了胡說、溫寶裕和良辰美景的插言，把那怪東西的可怖醜惡，形容得有聲有色，聽得齊白也不由自主，打了好幾次冷戰，雖然我知道，只的形容那怪東西，和親眼看到那怪東西相比，還差了一大截。

等到我們把經過講完，齊白不斷眨着眼，不知該如何說才好，好幾次拿起酒杯來想喝酒，但是多半是想起了良辰美景的取笑，所以又將杯子放下，終於，他問：「那個怪東西……和我與班登尋寶行動有關連？」

在聽了齊白的敘述之後，這個問題，我早已想了好多遍了。白素是在一聽到齊白要為了班登而來之後，就聯想到了「怪東西」和「盜墓專家」之間有聯繫的。

可是直到現在，齊白發出了這樣的一問，我仍然無法給以肯定的答案。我知道應該是有聯繫的，可是在哪一個環節上可以聯接起來呢？

班登——怪東西——班登——尋寶——班登——太平天國人物。

如果要列成式子的話，也只不過是幾件事都和班登這個人物有關而已，並不代表那幾件事之間有關連。

可是，這時在我書房中的每一個人，卻又都隱隱覺得，這些事既然環繞着班登這個怪人物發生，應該是有聯繫的。

然而，要找出什麼聯接起來呢？

一時之間，眾人盡皆默然，連最多意見的溫寶裕，也只是眨眼，未見出聲，因為就列舉出來的幾件事中，實在很難找出有什麼聯繫來。

齊白最先開口，遲疑着：「我有強烈的被欺騙的感覺，感到他找到我，拉我去參加他的行動，他的目的，並不是為了尋寶。

我皺着眉：「尋覓藏寶是一定的了，『寶』的意義有許多種，不一定指金銀財寶而言。班登既然曾加入過勒曼醫院，那麼金錢對他來説，應該沒有意義。他一定是另有所圖。」

這時，我和齊白的猜測分析，自然都是沒有確實證據的，但是卻也決不是空穴來風。齊白説他有「被欺騙的感覺」，雖然是感覺，但以齊白的機靈和人生經驗之豐富，自然也不是平白會產生那種感覺，一定是班登在許多行為上，有着蛛絲馬迹可供人起疑之處。

所以，白素也顯然同意我們由這個方向追循下去，她側着頭，發表意見：「照他的行動來看，如果他另有所圖，應該已達到了目的。」

四個小傢伙一起叫了起來：「所以他拒絕再去潛水尋寶。」

分析推理到這裏，都十分「順利」，可是卻再也無法進行下去了。

因為現在達到的結論是班登已達到了他另有所圖的目的，那麼，他得到了什麼呢？

齊白喃喃地把這個問題提了出來，溫寶裕語不驚人死不休，大聲道：「他得到了那個『怪物』。」

一句話出口，連他自己也覺得不妙，連忙雙手抱住了頭，不敢看別人。別人都習慣了他的胡言亂語，並不覺得怎樣，只有齊白是第一次見到這樣子的青少年，不免有點目瞪口呆。

可是他也沒有出言嘲笑，反倒一本正經和溫寶裕討論起這個問題來：「不可能，所有的過程，我都和他在一起，那怪東西和成人身體一樣大，他決無可能得了這樣一件東西而不讓我知道的。」

溫寶裕見有居然重視他的意見，大是高興，連忙收回意見來，連聲道：「是……是……不可能。」

白素卻一揚眉：「如果體積不是那麼大呢？班登是不是有可能，得了什麼小小的一件東西，是你所不知道的？」

齊白瞇着眼，過了一會，仍然搖頭：「每次下那圓管，我都和他在一起，他要是有所得，怎瞞得過我？就算他會魔術手法，我也一樣會覺察得到。」

我自然相信齊白的判斷，他是那麼出色的盜墓人，在進入了藏寶範圍之內，他的合伙人要是有什麼異樣的動作，怎可能逃得過他那雙幾乎能在暗中視物的敏銳之極的眼睛？所以我也道：「班登不應該有得了什麼的機會。」

大家又沉默了一會，良辰美景忽然道：「有一個機會，他能得到些東西，而不為他人所知。」

齊白向她們兩人望去，大大不以為然。

良辰美景互望了一眼，一個說話，一個做着手勢，加強語氣，言語和動作，配合得天衣無縫，看來十分有趣：「就是在圓管底部，突然有水湧出來，你們三個人急忙拉着鐵索上去的時候。」

一聽到那樣的分析，人人都發出了「啊」地一聲，我道：「那時，班登是在最下面。」

齊白點頭：「是，水突如其來，局長在上面，沒有碰到水，我先攀上鐵鏈，所以，如果有什麼東西隨着水湧出來的話，班登最有機會得到它。」

良辰美景道：「是啊，因為水一湧出來，他人已被水浸了一半，你們又急着向上攀，他在手中撈起了一些東西在手，你們都不會覺察。」

齊白皺着眉，顯然是在回想當時的情形，他想了一會：「對，可是在那樣的情形下，他只怕沒有足夠的鎮定在水中撿拾什麼。」

胡說一直沒有表示意見，這時才道：「或許那東西隨着水湧出來，恰好浮到他的身邊？」

一人一句推測着，覺得可能性愈來愈大，齊白用力揮着手，發出「嗯嗯」的聲音：「對，當時他比我們遲了半分鐘才從樹洞中爬出來，爬出來之後，又把身子縮成一團，看來正像是在掩飾什麼。」

我失笑：「那倒作不得準，失了斧頭的人左看右看，鄰居都像是偷斧人，但十分有可能，班登是在那次意外中得了他所要得的東西。」

溫寶裕搶着做結論：「所以，他沒有興趣再去第二次了，這就是證明。」

我還有點不明白之處，就趁機提了出來：「爆炸令地面崩塌出一個湖，那湖的面積有多大？」

齊白道：「不大，恰好是花園的一角，沒有波及任何建築物，連圍牆也沒有受影響，顯然是一早就計算好的，不但設計者是天才，工程也極巨人，很難想像如何挖了一個湖。再把湖面用將近一公尺厚的土蓋起來，那麼多年相安無事，小小的一次爆炸，立即又全湖面上的地面，一起崩陷，這……真有點鬼斧神工。」

我吸了一口氣：「古人自有古人的智慧，連金字塔秦始皇陵墓都造得起來，可是，那樣大的工程，所……埋藏的寶物，如果體積小得使班登可以隨身攜帶，那似乎十分難以想像。」

齊白嘆了一聲：「在泰國看到了那尊據說以前是純金的佛像之後，我陡然想到——」

他才說這裏，我也陡然想到了。

我想到了他想到的是什麼，想到了他故意沒有講出來的是什麼。

我不禁「嗖」地吸了一口氣，失聲道：「那鐵鏈，那自圓管入口處一直垂下去，直垂到底部的粗大鐵鏈。」

我這樣一叫，所有人都明白了，溫寶裕直跳了起來：「雖然地面崩裂成了湖，那鐵鏈一定還在湖底，可以去將它撈起來。」

胡說搖頭嘆息：「唉，你拉着它上上下下多少次？當然怎麼一點也沒有想到？」

齊白不服氣：「我講詳細的經過給你們聽，你們之間又有誰想到了的？」

白素神情苦淡：「也不過是料想而已，未必是真的。」

溫寶裕卻一副心癢難熬的樣子，抓耳撓腮，又向各人亂使眼色，看看別人反應並不熱烈，又向良辰美景擠眉弄眼，看良辰美景的樣子，竟然大有興趣，

我不禁大驚，正色道：「小寶，這可不是鬧着玩的，我寧願你到南極去探險，

到亞馬遜河去流浪，可別想去打撈那鐵鏈。」

溫寶裕道：「那不是鐵鏈，可能，極可能整條都是黃金鑄成的。」

良辰美景道：「更有可能，其中有若干節是空心的，內中藏着明珠寶玉，那是當年最富庶的東南一十五省的珍寶的精華。」良辰美景說一句，溫寶裕就答一句「對啊」，連齊白都有點意動了。

我冷笑着：「你們計算過它的重量？那絕不是偷偷摸摸可以進行的事。」

白素忽然笑了起來：「我認為，整條鐵索，如果真是黃金鑄成的話，一定早已不在水底。」

連我也不知道，白素這樣說是什麼意思，都一致神情愕然，只有齊白點頭：「我同意，整個藏寶工程，設計之巧妙，無以復加，等到地面崩塌，湖水湧上來，那是最後一步，設計者必然想到過，有這樣的變化，決不會是知道秘密的人來取寶，為了不使寶物落入外人之手，看來，圓管、鐵索都會在地底的泉眼中沉下去，不知沉到什麼地方去了，要去打撈，工程不知多大。」

聽了白素和齊白的話，溫寶裕才嘆了一口氣，連聲道：「可惜，真可惜。」

他忽然又興高采烈起來：「若然一進圓管，就能得到寶藏，那為什麼還要在管底裝那麼精巧的機關？」

齊白道：「兩個可能，一個是誤導他人，還有一個就是在管子底下，真的藏有極重要的物事。」

我點頭：「如果真藏有重要的東西，那東西已落入班登的手中。」

齊白又道：「當然是——」他講到這裏，陡然伸拳在桌上，重重一擊，憤然道：「班登的祖上，既然得知了管底開啟的密碼，應該也知道下面藏着什麼東西，也就是説，班登早知道有什麼東西在下面，可是他卻提也未曾向我提起過。」

我嘆了一聲：「人心難測，我想他一定是知道的，而且那東西……一定有極大的吸引力，這才令得他當年放棄了當醫生，改去研究中國近代史。」

各人一致同意我這個分析，因為那簡直令一個人的生命作根本的改變，若不是吸引力極大的話，誰會作這種改變。

齊白又手緊握着拳，神情慨憤，他曾錯過了可以發現巨大藏寶的機會，也未曾見有這般難過。

問題又兜回來了，班登得到的是什麼呢？

一點線索也沒有，只是憑推測，知道那東西的體積不會太大而已。

這一晚上，由於齊白的來到，人各方面討論班登這個人，各抒己見，熱鬧之極。

等到午夜過後，齊白才恨恨地道：「這個人，還假充斯文，裝成真的對太平天國史料十分有興趣的樣子，研究為什麼太平天國首腦不畫肖像，壁畫不繪人像，故作神秘，十分可恥。」

白素想了一想：「那倒不一定是他在假裝，或許他真感到興趣，他曾問你有沒有盜過太平天國人物的墓？」

齊白倏然站了起來，又坐下，神情又駭然又錯愕：「是啊，他那樣的目的，也十分怪異，他是想知道我有沒有見過太平天國首腦人物的屍體。」

我和白素相視駭然，因為實在不明白班登想求證一些什麼。

從和他幾次相見的經過、他問的問題、他的行動來看，他彷彿是在傾全力在研究一個問題，這個問題，多半和一些人物有關，那些歷史人物，是太平天國的一些首腦，而且他研究的是那些歷史人物的外形、面貌。

這真有點不可思議，對一個歷史人物，不從他的一生活動去研究評估，卻去注重他的外形，這不是匪夷所思之極了麼？

我一面想着，一面思緒十分紊亂，所以接下來的那個問題，我只是隨口提出來，完全不知自己為什麼會這樣問的，我問道：「你在古墓中見過不少屍體，可有見過我們形容的那個怪東西。」

齊白又好氣又好笑：「當然不會，若是古墓中常有這類怪東西，那我也不必再盜墓了，想起來就噁心。」

我無可奈何笑了一下，剎那間，像是想到了什麼，但又無法捕捉得住。我向白素看去，看到她正皺着眉在思索，我知道她必然和我一樣，也是想到了一些什麼而無法將之具體化。

齊白恨恨地道：「當務之急，是要把班登找出來，諒他帶了一個怪東西，也到不了哪裏去。」

我苦笑了一下：「他不必到哪裏去，就躲在本市，幾百萬人，你怎麼找？」

齊白眨着眼：「能不能設計引他出來？」

我深深吸了一口氣：「那得先知道他會吞下什麼樣的『餌』——他對什麼最有興趣才行。」

齊白道：「我想想，就算告訴他，寶藏的秘密已揭開，他也不會有興趣的——」

白素道：「他有興趣的問題，自然是太平天國領袖的外形、相貌。」

齊白先是一怔，接着，哈哈大笑：「有了，他再滑頭，也能把他釣出來，哼哼，引蛇出洞，打蛇七寸，且看老夫手段。」

他認識溫寶裕沒有多久，居然就學會了溫寶裕的說話腔調和手勢，可知近朱者赤，近墨者黑，實在一點不差。

我和白素都沒有問他用什麼方法，因為那實在可想而知，班登對什麼最有興趣，自然就拿什麼去逗引他，再容易不過了。

接下來，我們又討論了一下班登的行為，把那怪東西弄成木乃伊的樣子，送到博物館去，目的是要通過胡說，讓我見到。自然又是各人都有意見，但以白素的推測最合理。白素推測他不直接把怪東西送到我住所來，是由於他也知道那怪東西的形狀太難看，怕我看了之後，大起反感之故。

可是其間又有十分難以解釋之處，班登的目的，自然不單是要我見見那怪東西，還要聽一聽我對那怪東西的意見，那麼，第一次在音樂會上見面，他就應該直接告訴我，有一個怪東西請我去看一看，看我有什麼意見。但是他卻不那樣做，卻問我為什麼太平天國的壁畫上不繪人像。

真不知道他放着正經問題不問，去問這種無聊問題作什麼。我一面說着，說到了這裏，我不禁又呆了一下，發出了「啊」的一聲，白素立時道：「在班登的心目中，太平天國的人像才重要。」

我伸手在腦門上拍了一下：「天，他……他不會異想天開到了……以為太平天國的首腦，全是像那怪東西一樣的怪物，所以才在這個問題上窮追猛打的吧。」

白素沉聲道：「只怕他真是那樣想。」

我張大了口，出不了聲，我們一直在找幾件事可以聯結起來之處而找不出來，剛才我提出的，雖然荒誕之極，但卻是可以把兩樁看來完全不相干的事聯結起來。

由於沒有肖像留下來，太平天國首腦的樣貌，不為人所知，而且又有不准繪描人像的禁令，似乎是有一些人，故意避免有人知道他們的樣子，為什麼呢？他們的模樣十分特別，自然是可能性之一。

但是，樣子再特別，也絕不可能特別到了和那怪東西一樣。

如果竟然是這等模樣的話，那簡直是妖魔鬼怪了，哪裏還能見人，哪裏還能公開活動？

但是，那「怪東西」，我們見到的時候，外面像是一層殼，看起來像是一個「蛹」，真正它在離開了「蛹」的狀態之後，是什麼樣子的，也無從想像起，X光透視也沒有用，誰也不能用X光透視了一隻大鳳蝶的蛹之後，說出大鳳蝶的形狀和顏色來。

再進一步推下去，那怪東西在起了變化之後，樣子可能不至於那麼可怕，十分接近於人的形狀。

我是一面在想着，一面把自己所想的說出來的，說到這時，不但白素和齊白神情異樣，連我自己，也不由自主，感到了一股寒意。

齊白頻頻吸氣：「衛斯理，你的想像力……」

我道：「別說我想像力豐富，說我想像力豐富的人太多了。」

齊白苦笑：「我才不說你想像力豐富，我說你的想像力太怪異了。」

我也不禁苦笑：「要把那怪東西和太平天國首腦的外形聯繫起來，我的想像力可派得上用處，還有，班登一定知道這個秘密，知道曾有一些異樣的生物，不但滲進了人類之中，且曾幹過一番大事——」

齊白又叫了起來：「太過分了。」

我冷冷地望着他：「請再舉另一件事，能令得一個傑出的醫生改行去研究歷史的？」

齊白的神色難看之極，求助似地向白素望去，希望白素可以說幾句話，推翻我那種簡直令人要瘋狂的、比任何瘋子所能想到的更瘋狂的想法。

可是白素卻並不說話，看來，她對我的設想，不表同意，但也難以推得翻。

我更發揮了想像力，那是事後，齊白稱之為：全世界的瘋子的腦電波活動通過我表現出來的一種行為。

我道：「所以他們蓄長髮，長髮可以在某種程度上遮掩本來面目，他們之中也沒有人有過好下場，全是神神秘秘不知所終的。」

齊白大叫了出來：「忠王李秀成兵敗被俘，曾不知過了多少次堂，接受過審問。」

我立即道：「所謂李秀成供詞，當時就有人指出，是曾家弟兄為了邀功而偽造，那又何嘗不可以隨便弄一個人來，說這人是他？」

齊白吞了一口口水，望着我直翻眼，不是怕他會昏過去，我還可以大大發揮，因為我覺得，我已找到了主要聯結種種怪事的環節了。

四個小傢伙已經嚇傻了，他們自然未曾經歷過這種「大膽假設」的場面，連溫寶裕也目瞪口呆，不知所措，別提胡說和良辰美景了。

班登在他叔祖留下的資料中得到的，不單是有關藏寶的秘密，而且是更重要的有關太平天國首腦人物真正身分的秘密，他們不是人。

第十一部

他們是妖孽，不是人！

（「妖孽者，非但草木禽蟲之怪也，亡國之臣，允當之矣。」——王夫之：《讀通鑑論》）

（「國之將亡，必有妖孽。」）

我把我這個想法，大聲叫了出來，白素和齊白兩人，都保持着沉默，白素是一貫地冷靜，但是也可以看得出她的冷靜正在崩潰，或維持得相當不易。齊白則面色有點發綠，呼吸大是困難，頻頻喝酒，彷彿那樣才能使他體內血液循環繼續。

他一口酒喝得太急，嗆咳了起來，一面咳，一面反對：「這太過分了吧，當然他們全是人，你胡思亂想到什麼地方去了，別告訴我，天王洪秀全和他的妹妹洪宣嬌，還有什麼東南西北王，全是你形容過的那種……怪東西，那決無可能。」

這自己雖然提出了這樣的「結論」來，但是那只是我「理智」分析的結果，在我的意識之中，我也認為那不可能，所以齊白的反對，當然也在我的意料之中，我只是向他揮了一下手，留意着白素的反應。

白素像是思索有了結果，長長地吁了一口氣，也很少見的接過我手中的酒杯，淺呷了一口酒，才道：「有兩個疑點，必須澄清。」

我心跳加劇，白素竟然這樣說：那是說，她基本上是同意我的結論，只不過要澄清兩個疑點而已。

論點能得到白素的同意，自然是好事，可是由於我的結論實在太駭人，一時之間，連我這個提出來的人，心中也有一種極其異樣的感覺。

那種怪異莫名的推論結果，如果是真的，那實在……實在……不知該如何說才好。

所有人都不由自主「嗖」地吸了一口涼氣，良辰美景緊緊抱在一起，溫寶裕自己害怕得嘴唇發白，可是還向她們作了一個藐視的神色，良辰美景不理會他，只是道：「白姐姐，哪……兩個疑點？」

白素又吁了一口氣：「第一，那怪東西，班登不知是從哪裏得來的。」

大家都沒有出聲，因為沒有人能回答這問題。

溫寶裕的口唇掀動了一下，但也沒有出聲。

白素道：「最大的可能，他是在尋寶過程中得了那怪東西的。」

齊白舉起手來：「不成立。」

白素很沉着：「我們都曾同意，班登在尋寶過程中，得到了一些東西，達到了他的目的。」

齊白立時道：「可是我們也都同意，那是一個體積小得他可以隨手藏起來，不讓我發現的東西。」

白素的「答辯」，十分緩慢，但是聽了之後，卻無法不令人心跳加劇：「別忘了那『怪東西』是活物，活物是會長大的。」

一時之間，我書房中又靜到了極點，我失聲道：「大得那麼快？班登並沒有離開多久——」

白素向我望來：「你所謂『快』，是什麼標準？是人的成長標準？要知道那怪東西不是人，也不能用尋常生物的成長速度來衡量，它是一個怪物！」

齊白帶頭，吞嚥着口水，溫寶裕更是駭然，看他的樣子，也想學良辰美景那樣，找一個人來抱着，以減少心頭的恐懼，可是又不好意思，他道：「那……怪東西能在幾個月之間……從小到大……那怪東西究竟能大到什麼程度？」

白素搖頭：「不知道。如果那怪東西不是班登自那次尋寶行動中得到的，那麼就不會和太平天國有關係，一切假定，也就不存在了。」

胡說的聲音很低：「如果是在圓管下面，水湧上來時得到的，當時他到手的是……什麼樣的生命形式？是……一粒卵……一隻蛹……怎麼過了那麼多年，還能……培殖牠長大？」

白素沉聲道：「你是生物學家，應該知道生命的奧妙。一些在古墓中找到的種子，隔了幾千年，只要一有生命發展的條件，立即又可以照着遺傳因子密碼所定的歷程生長，一絲不差。」

胡說低聲道：「那……那是植物！」

白素嘆了一聲：「那怪東西是什麼都不知道，只知道牠是一種生命，生命，總有它的秘奧和規律，可就是不容易被找出來！」

白素的話，很難說有確實的證明，但是卻也十分難以反駁。

大家呆了一會，她才又道：「第二個疑問是，那怪東西，假如我們看到的，是牠生命中的「蛹」的階段，那麼，牠完全成長之後，是什麼樣子的？」

白素在這樣說的時候，向胡說望去。胡說皺眉：「可以是任何形狀——」

我道：「總有一點可以猜測的，我們用X光照射過，牠形體有點像人，有一對……翼？好像下肢……和人不是十分像？」

胡說苦笑：「問題是，我們不知道看到的是早期還是後期，像脊椎動物的胚胎初期，雞、魚、人的初期胚胎，看起來幾乎一樣，發育到了後期，才各按遺傳密碼，現出不同的形態，等到出生之後，自然更大不相同了。」

我遲疑着：「那怪東西有一對翼，總是錯不了的吧。」

胡說又搖頭：「也不一定，如果那只是牠的胚胎初期形態，這對翼，就可能是退化了的一個器官，我在X光透視時，就曾注意到翼的骨骼太細小，根本不能作飛行之用，所以在完全成長之後，翼……可能不存在，可能退化萎縮……就像人的胎兒在初期會有『尾』，但出生之後，尾是早已退化了的。」

白素揮了一下手：「也就是說，怪東西充分成長之後，可以是任何樣子，自然，也可以十分像人，至少，是一種稍加掩飾，便和人的形體一樣。」

胡說道：「自然有可能。」

白素不再說什麼，我望向她，她才笑了一下：「我為你駭人的結論，作了備註。」

我大口吞嚥了一口口水，神情怪異，因為我自己也不相信自己的結論了，我道：「難道所有的——所有太平天國首腦，全是這樣的怪東西？」

白素想了一下：「我想不會是全部，多半是開始起事的那幾個，後來，自然有……真正的人加入，但必然有幾個那樣的……那樣的……」

齊白接口：「那樣的妖孽。」

我吁了一口氣：「班登應該在這裏，聽聽我們所達到的結論。」

溫寶裕那時，正和良辰美景低聲在爭論着什麼，我喝道：「小寶，有什麼話，公開點說。」

溫寶裕漲紅了臉：「我說，太平天國中有一個翼王，她們就笑我。」

我有點愕然：「翼王石達開，很是一個人物，有什麼好笑的？」良辰美景仍然笑着，指着溫寶裕：「他的意思是，因為石達開真是有一對翼的——就像X光透視那怪東西時所見到的那樣，所以才被稱為翼王。」

幾個人呆了一呆，溫寶裕已急急為他自己分辯：「我沒有那麼說，我的意思是，像人的尾巴一樣，像大多數的人，尾都退化了，不存在了，但也有極少數的人，會有返祖現象，略剩一截短尾。」

當溫寶裕一本正經說到這裏時，良辰美景又掩着嘴，發出「哈哈」的笑聲來，態度曖昧之至。溫寶裕怒道：「我知道你們在想什麼壞主意，可是我們應該好好討論問題。」我支持溫寶裕：「對，小寶，她們不對，不該想你就是那有些尾留下的人。」

誰知道我不說還好，一說，良辰美景再也忍不住，笑成了一團，你推我讓，簡直不可收拾，別人也全笑了起來，只有溫寶裕鼓着臉，最後，他陡然跳了起來，叫道：「再笑，為了證明不是有尾人，要請兩位小姐來驗明。」

他一面說，一面轉身對着良辰美景，嚇得兩個小丫頭連忙用手捂住了嘴，連連吸氣，一聲也不敢出。

溫寶裕這才有「大獲全勝」之感，志高氣昂，繼續發表宏論：「那種……妖孽，能冒充人，自然外形和人相似，那對翼，只怕也是早退化了的，但也可能有一兩個，殘留的痕迹多一些，那對翼……比較大，他們自己人之間明白，就叫他『翼王』，有何不可。」

我點頭讚許：「大有可能。」

齊白嘆了一聲：「愈推測愈玄，反正，什麼事都有可能。」

白素道：「真正能證明我們推測是否成立的，只有班登一人，可惜他不知所終了。」

齊白道：「明天我大登廣告，說有太平天國首腦人物的肖像畫出讓，讓他來上鈎。」

我剛想說「只怕沒有那麼容易」，電話鈴聲陡然響了起來，那時，已經過了午夜，我拿起電話來，只是「喂」了一聲，就聽到了班登的聲音：「告訴齊白，我不會那麼容易上當。」

我陡然一怔，班登，他這樣說，在這種時候，那表示什麼？表示我們在這裏說的話，他全聽得到，這是怎麼一回事？我一面按下電話上的一個掣，使人人可以聽到他的聲音，同時，我也想到了其中的原由，我十分不客氣地道：「班登先生，你似乎習慣了鬼頭鬼腦行事，這和你看來很像君子的外形，不是十分配合，你當然是上次來我住所時，趁機在我的書房中放了偷聽器。」

我一叫出「班登先生」，所有人都陡然一呆。我向客人作手勢，示意他們稍安毋躁。齊白張大了口，已經要大聲叫喊，但總算及時克制了自己。

班登發出了十分苦澀的笑聲，又嘆了一聲，才道：「是的……我承認我的行為不夠光明正大——」

我更不客氣，「哼」地一聲，打斷了他的話頭：「從你欺瞞齊白開始，你的行為，沒有一種是光明正大的，豈止不夠而已。」

白素急向我作了一個手勢，示意我盡量讓他說話。班登又嘆了一聲：「我有不得已的苦衷，因為在探索的秘密，實在太駭人聽聞了。我……要向各位致敬，各位的推論，和我的推論一樣，雖然無法確切證明多接近事實，但那是唯一的推論。」

溫寶裕、良辰美景和胡說究竟年輕，一聽得班登那樣說，都不由自主，發出歡呼聲來，一副高興莫名的樣子，我悶哼一聲：「你要不要來參加我們？」

班登遲疑了一下：「不……我……事情實在……唉，我不想……在事情沒有徹底的結果之前冒出枝節。」

齊白大聲道：「如果我們的推斷全是事實，還有什麼叫徹底的結果？」

白素道：「自然你想把那『怪東西』培育出來，看看那東西完全成長之後，究竟是什麼樣子的，對不對，班登先生？」

通過電話的擴音設備，可以清楚地聽到班登的喘息聲。白素不等他再回答就道：「我勸你，班登先生，千萬別那麼做，因為你絕不知道你培育出來的，會是什麼樣的……妖孽。」

電話中又可以清楚地聽到班登的呼吸聲：「那照你的意見應該怎樣處置？總不能把那東西……拋進焚化爐去。它是一個生命，而且，還可能是一個十分高級的生命，我相信有幾個這樣的生命，在一百多年前，曾經做出過天翻地覆的大事來。」

齊白念念有辭：「國之將亡，必有妖孽。」

白素的聲音很堅定，在各人的心中（相信連班登在內）都有一種難以形容的慌亂，有一種不知如何才好的潛在的恐懼感的時候，白素的這種堅定的聲音，聽了會使人產生相當程度的安全感。她道：「我相信那東西不是天然成長，而是由你根據什麼方法培育到如今這樣狀態的，對不？」

我有點驚訝於白素何以如此肯定，班登卻已然發出一下如同呻吟一樣的聲音來：「衛夫人，你……究竟知道了多少？」

白素沒有回答他的問題，逕自道：「培育的方法，在令祖的資料之中，還是在藏寶的圓管之下？」

班登簡直是在呻吟了。我們都知道，白素那樣說，自然也全是推測，可是她的推測，顯然十分正確。良辰美景望着白素，神情大是佩服。

白素的聲音聽來十分誠摯：「看來你遭到了十分的困擾，是不是請過來一下，人多好議事。」

班登醫生那沒有回答，過了十來秒，電話掛上了。

溫寶裕和胡說「啊」地一聲，白素則十分有信心：「他會來，而且，很快就會來。」

她這句話才出口，門鈴聲已響起，良辰美景張大了口合不攏來，我心想她們畢竟經驗不足，利用偷聽器竊聽的距離不會太遠，班登自然就在近處打電話，當然說來就來，何足怪哉。倒是白素幾句話，就令得他露面，這才是真叫人佩服。

溫寶裕大叫一聲，衝下樓去，不一會，就帶着班登，走了上來，班登向每一個人鞠躬，雖然不說什麼，但分明是向各人在道歉。當他看到良辰美景時，陡然呆了一呆，喃喃地說了一句：「生命的奇蹟。」

然後，他伸手在我的寫字枱下，取出了一具超小型的竊聽器來。那不過是一粒普通糖果的大小，他將之揑在手中，望向齊白，道：「當圓管下面，突然有水湧出來之際，我恰好在最下面，這……也是整件事中十分湊巧的一個環節，當時我自然慌亂之極，但是當我忽然覺察到有東西碰了我的小腿一下時，我還是有足夠的鎮定，將之抓在手中。」

溫寶裕駭然：「就是那怪東西？」

班登吸了一口氣：「是一隻小盒子，完全密封的黃金小盒子，我立時知道，那就是我要找的東西了。」

齊白道：「你瞞得我好。」

班登又向齊白鞠躬：「真抱歉，沒有發現藏寶，我是準備在發現藏寶之後，把我的一份給你，作為謝罪的。」

齊白瞪着眼：「你不希罕錢，我就希罕麼？」

班登側頭片刻：「那條如此粗大的鐵索，如果是純金的，估計會值多少？」

齊白咕噥着：「一億美元？兩億？誰知道。」

溫寶裕又急了起來，嚷：「喂，別只說錢好不好。你是得到了什麼資料，才改去研究歷史，又怎麼一抓到了一隻小盒子就知道那是你要的東西？」

班登並沒有立時回答，伸手取過了酒瓶來，白素忙把杯子遞給他，他喝了一口酒，才道：「我得到了那批資料，最初吸引我的，自然是藏寶，但是資料中有一部分，卻用十分不可解、十分疑惑的筆法，記述着一些不可思議的事，說是有幾個主要的人，全是經過了細胞遺傳因子中遺傳密碼變更手術的……怪物。或者是你們口中所說的……妖孽。」

我陡然一驚，其餘的人也一樣，所有人異口同聲問：「什麼意思？」

班登深深吸了一口氣：「有人為幾個人……或者說，只是幾個人最初形成的胚胎，進行了遺傳密碼的變更手術。那是極其複雜的生物化學變化過程，涉及到生命最初形式，酶和蛋白質的改變，雙螺旋節段螺旋的改變，雙鏈核甘酸新合成的DNA、氨基酸密碼三聯體的變換……」

他一連串地說着，幾乎全是生物化學中的專門名詞，白素向他作了一個手勢，班登才略停了一停：「太專門了，但那恰好是我研究的課題，而且，資料還提到，在那樣的改變之後，人的胚胎就完全逸出了人原來的遺傳因子密碼的作用，由一條全然不同的方式發育成長——」

當他講到這裏的時候，我想起了那怪東西醜惡，不由得機伶伶地打了一個寒戰，連班登自己的面色，也難看之至。

班登又吁了一口氣：「我是專研究遺傳學的，各位想一想，我看到了這樣的資料，豈不能不令我發狂？記載又說，經過了改變密碼之後，循新方式發育的人，樣子和傳統的人有點不同，可是智力比普通人高出許多倍，主其事的，要來作為試驗觀察之用，似乎又觀察到這種……妖孽在先天性格上，有很大的缺點……」

齊白又喃喃地道：「可不是，那些妖孽，再也成不了大事。」

我疾聲問：「誰？資料中有沒有說明，主持這種……試驗手術的……是什麼人？」

班登搖頭：「沒有，一點線索也沒有，只是說，密碼改變的秘密，藏在一個黃金小盒之中，被放在最隱秘的地方，那地方，同時有大量的藏寶。那黃金小盒完全密封，連最重要的……妖孽，也不知道裏面是什麼，而將之當作是『受命於天』的一個象徵物。」

各人聽得目瞪口呆，胡說叫了起來：「天，你得到的不是什麼怪東西，而是製造怪東西的方法。」

班登點了點頭。

一時之間，又靜了下來。事情很明顯，班登離開之後，就利用這種改變遺傳密碼的方法，施在一個人類最初的胚胎上（那是十分容易得到的，說得簡單一些，那不過是受了精的卵子而已）。結果，就培育出了我們看到的那怪東西。

他自然詳細研究過那東西的形狀，看來看去不像是人，也不認為這樣子的妖孽，可以在中國近代歷史上有那樣的地位，所以才想來找我共同研究，可是他採取的方法，卻又太鬼頭鬼腦了。

大家呆了半晌之後，班登才道：「衛夫人說得對，那東西……可能還在成長的初段，可能……形狀會變，會十分接近普通人——」

他又望向溫寶裕：「你對於『翼王』這個稱呼的理解，可說是想像力發揮到了極致。」

溫寶裕受了誇講，紅着臉，居然知道謙虛：「那……不算什麼，我本來就好胡思亂想。」

我卻大是駭然：「你還準備繼續培育……它？」

班登的神情十分遲疑，顯然不肯放棄。白素忽然道：「我建議你不妨再和勒曼醫院聯絡一下，作為研究課題之一。」

我以手加額：「天，別製造妖孽吧。」

班登卻立時道：「我正有此打算，可是勒曼醫院……不知搬到哪裏去了。」

我嘆了一聲，心想班登是不肯放棄的了，不如成全了他吧：「我的一個朋友告訴我，勒曼醫院在格陵蘭的冰層之下，你可以先到丹麥去，試圖和他們接觸。」

班登現出一副大喜過望的神情來，連連搓手，一副急不及待，恨不得立時到格陵蘭去的樣子。

溫寶裕、胡說、良辰美景、我和白素、齊白卻都目瞪口呆。

我們都不是很知道改變遺傳因子的密碼是怎麼一回事，但是結果如何，我們是見到過的。

可怕嗎？似乎絕不止可怕，而是人類語言文字無法形容的一種可怖境界。

最後，剩下的問題有兩個：

問題一：在將近兩百年前，就已掌握了改變遺傳因子密碼秘密並且做了實驗的，是些什麼人？

問題二：那怪東西發育完成之後，是什麼樣子的？

問題一沒有答案，因為班登獲得的資料中一點也未曾提及——他後來把他得到的原始資料全給我們看了。

問題二也沒有答案，班登只是在若干日之後和我聯絡了一下，說那東西開始在兩個月中，成長速度驚人無比，可是在進入了「蛹」的狀態之後，又慢得驚人，可能要再過幾十年，才能充分成長。

問題三……

沒有問題三了，至少在這個故事中，沒有問題了，是不是？

不是，有問題三，那就是，良辰美景把我的住所當成了她們自己的家一樣，愛來就來，要走就走，白素十分縱容她們，我也就無可奈何，這算不算是問題呢？

（全文完）

衛斯理小說典藏版　44

密碼

作　　者：　衛斯理（倪匡）
責任編輯：　黎倩雲　楊紫翠
封面設計：　李錦興
出　　版：　明窗出版社
發　　行：　明報出版社有限公司
香港柴灣嘉業街18號
明報工業中心A座15樓
電　　話：　2595 3215
傳　　眞：　2898 2646
網　　址：　https://books.mingpao.com/
電子郵箱：　mpp@mingpao.com
版　　次：　二〇二二年八月初版
I S B N：　978-988-8828-00-5
承　　印：　美雅印刷製本有限公司